오래 된 인도 트레일 그리고 다른 이야기

제임스 앤드류 리

ISBN-13:978-1494841638
ISBN-10:1494841630

헌신

우리의 어린 시절 공포와 환상을 그 풍부한 인생 게.

목차

승인

내 가족, 생활 및 전달의 모든...

.

1 오래 된 인도 트레일

모래와 북서부 인디애나의 나무 성장 했다. 우리 까마귀 호수 미시간의 극단적인 남동 끝에서 파리 또는 그것의 호수 미치 가미 원주민 이라고 약 5 마일을 살 았습니다. 캐나다 바람 노스 웨스트와 악한 분을 우리 집 주위 광대 한 양의 수 분을 입금 차가운 호수 떨어져 불 었 다. 우리는 올해의 절반에 대 한 호우 및 깊은 젖은 나머지 절반에 대 한 눈. 큰 호수의 남쪽 부분에 광대 한 모래 언덕 해안 넘어 많은 마일에 대 한 확장 및 10 천년 전 마지막 빙 하기의 끝에 거 대 한 빙하에 의해 형성 되었다. 고 대 나무 숲 모래 늪 주변과 크릭 침대 높이 성장 했다.

부모님은 시카고에서 서 북 인디애나 아버지 할머니를 따라. 그녀는 인디애나 영토의이 지역에서 초기 정착민의 아들 이었던

부유한 지 주와 결혼 했다. 그는 husbanded 미시간 산중턱에 복숭아와 사과 과수원의 에이커의 수천. 아빠와 함께 목장 작풍 가정 내장 5 살때, 그 ' 지 멀지 않은 광대 한 과수원에서에서 모래에 깊이. 숲에서 콩을 심어 져 했다 20 에이커 삭제 되었습니다 했다. 새로운 가정 고 대 숲에이 흉터 중간 starkly 토. 우리를 포위 하는 나무의 요새 벽은 어두운 개방 했다 고장 호수 미치 가미와 시 라 Porte; 라고 지금 호수는 숲 사이 경로로 아메리카 원주민에 의해 사용 '문' 숲에서. 이 나무 구멍의 반환을 기다리고 마치 덤의 명확 남아는 Potawatomi 했다 되었습니다 정화이 땅에서 이상 세기와 분기 하기 전에, 비록 그것의 ' 사람들의 생활에서 과거의 영광을.

시간에서 나 더 오래 된 형제 Tom와 나무;으로 충분히 오래 되었다 우리는 거기 사는 영혼의 포로 되었다. 진짜 우리집 나무와 우리의 시간에에서 학교, 교회, 그리고 마을에 게 이상 하 게도 외국.

걸리나 타운 십 학교 여름 마지막으로 나가게 했다. 내 동생 톰 하 고 집을 나간 다음 아침 일찍 '인치', 우리 호주 믹스 강아지 맞이 하 내 동생, 제프, '왕자'를 말할 수 없습니다 때문에 이름을. 그 전에 그녀가 강아지, 그녀 한다 선정 되었습니다 '공주' 어쨌든 했다. 인치 우리는 차갑고, 습기찬 공기 중으로 나왔을 때 인사에 그녀의 몸 전체를 흔들고. 이 슬 맺힌 잔디 젖은 우리의 신발으로 우리가 자란된 잔디와 뒷문에서 관목으로. 인치 나무에 신비로운 오프닝 향해 길을 이끌었다. 우리 섬세 한 퀸 앤 레이스에 의해 닦 았 및 공중으로 그들의 백색 면을 풀어 두꺼운 형태소 유 seedpods를 발생 합니다. 화려한 황금과 까만 카나리아의 기복이 구름으로 그들은 근처의 합창에서 울고 우리를 동부 크리스탈 태양에서 잠시 동안 음영 처리. 오래 된 인도 가신 우리 콩의 젊은 행에 걸쳐 우리의 길을 만들어 더 큰 loomed. 노출 된 지구 우리의 신발 축축한 옥 토에 그들의 표를 왼쪽으로 매운 향기를 발표.

우리는 개방을 neared로 서 우리와 함께 닫힌된 계급 인치. 그녀는 종종 우리가 뒤에 까 웠 다는 것을 확인을 다시 보았다. 우리가 그들의 뻗은 나무 아래에 입력 한 대로 검은 호두나무 나무 키가 자 랐 습니다. 새로운 호두 덮여 어두운 썩 어 육체 미 끄 러 웠을 때에 더러운 냄새. 끈 적 거리는 우리의 밑 창 보상과 우리의 신발 양쪽에 붙어. 흔적은 거리에서 등장 했다 보다 훨씬 넓은. 아치형된 캐노피는 경로 통해 형성 된 분 지 20 또는 우리의 머리와 아침 해 30 피트 흐리게 하기 시작 했다. 낮은 성장 아이비와 화이트 3 지적된 trillium 꽃 잎 분해의 두꺼운 매트 위에 상승 했다. 매운 흙 향기

가득한 우리의 머리와 우리의 눈으로 천천히 디밍 조명 조정. 햇빛의 반짝임 지점과 나뭇잎의 거 대 한 참나무와 sycamores 통해 섬광. 우리 서 우리가 점차적으로 습지 쪽으로 덮고 잎 이상까지 길을 볼 수 없습니다. 다른 장소에서 일반적인 어두운 끈적끈적한 추문의 늪와 달리 모래 토양 크리스탈 물 가득한 그들의 기지에 작은 야생 제비 꽃과 양 치 류로 둘러싸인 오렌지 습지 mallows 습지 제공. 우리는 무덤을 나타낼 수 있는 모래를 통해 welling 물을 찾고 조심 항상 했다. 우리가 조용히 걸어와 거의 얘기. 우리의 작은 갈색과 흰색 긴 머리 개 걸어 가까운 우리도 전 율 또는 보이지 않는 위험에서 우리를 보호 하. 우리는 애매 여우의 흰 이끼 덥 수 룩 한 꼬리 또는 물의 리플은 cattails에서 성소를 발견 하는 뱀으로 자리 하는 경고 했다. 우리가 거의 수에 몰래 습지 지역 hushing 개구리 또는 물에 그들의 햇볕에 쬐 로그에서 미 끄 러 지 그려진된 거북 하지 않고.

오크 그리고 호두 일반적으로 올라 좋은 나무가 땅에서 그들의 첫 번째 지점까지 너무 높은 했다. 우리는 또한 우리가 승천 일단 충분 한 손을 보유 하 고 찾을 수 있도록 그리고 우리의 다리는 낮은 수준에 분 지 사이 도달할 수 분기 구조에 보고 했다. 오래 된 오솔길을 따라 깊은 우리와 함께 대규모 ironwood 염탐의 ' 부드러운 피부 회색 껍질 덮 음 늑 골이 확장 하

고 지구를 쥐고 하는 거 대 한 손가락 같은 토양으로 달렸다 촉수. 우리는 우리가 신중 하게 첫 번째 거 대 한 수평 가지에 트렁크까지 이동 따뜻하고 살아있는 우리의 손에서 느낌 나무의 돌출에 움 켜 잡았다. 우리는 우리가 우리의 오르막을 원조 하기 위하여 어 색 한 손처럼 껍질에 들여쓰기에 심은 우리의 피트의 손재주가 필요 하기 때문에 인치, 지키고 나무의 기초에 우리의 단 화를 떠났다. 톰 트렁크까지 힘든 경로 발견 하 고 난 뒤. 우리 마음 뒤 하강 훨씬 더 위험한 것 이지만 지금 그 생각 하는 시간이 우리 깨 달 았. 내가 마지막으로 도달 내 손을 주위에 첫 번째 큰 가지 때 톰 도와를 나무의 줄기에 대 한 부드러운 넓은 좌석에. 그녀는 행로를 보았다로 루트의 2 개의 손가락 사이 모피의 자리에서 아래를 보 니 내 호흡을 파악 했습니다.

내 얼굴에 대 한 바람을 생각 하 고 이웃 나무의 분 지로 보였다. 다음 분기의 다음 설정으로 오버 헤드 슬쩍 하 고 현기증으로 내 목 구멍으로 상승 하는 내 위장 느낌. 다음 단계는 쉽게 되지 않을.

"나는 우리가 밧줄을 가져 좋 겠 어" 내가 조용히 말했다.

"예", 톰 그 또한 조회로 대답 했다. 우리는 드물게 통화. 분명, 말로 필요 했 고 우리가 수시로 동일한 것을 생각 했다, 이후 이렇게 조금 이유 이었다. 가끔 우리 둘 중 하나는 뭔가를 잠시 동안은 정적을 깰 말할 것 이다.

추기경 인근 지점에 착륙 하 고 우리에 게 이야기 하기 시작 했다. 밝은 붉은 볏이 새; 뭔가 우리에 게 려 고 했는데 어쩌면 그는 우리가 그냥 어렸을 몰 랐 어 요. 아름 다운 그의 변론을 들었다. 내가 생각 하는 자신에 게, "미안 해요. 내가 도울 수 없어요, "내가 다시 보았다.

"그 새와 함께 무엇입니까? 그는 것 처럼 그는 당신에 게 이야기 하려고,"톰 물었다.

"나 몰라" 나는 대답 했다.

대규모 지점에 서 서 하 고 보였다. 톰 시력, 트렁크 주위 미 끄 러 했다 그리고 들었어요 그 말, "난 방법을 찾았습니다."

다른 주요 지점에 주위에 내 다리에 도달로 부드러운 ironwood 껍질을 포옹. 톰 그의 발에 매달려 사지에 밖으로 멀리 하 고 지적을 보고 나를 위해 앉 았다. 트렁크는 점차적으로 바깥쪽이 측면에 sloped. 위의 지점 이었지만 약간 오버 헤드, 가까이 아직도 손이 닿지. 부드러운 껍질 얇은 그립을 제공할 것입니다 눈에 띄는 갈비뼈를 했다. 뻗은 손으로 트렁크를 잡고 올라가서 아 득 할 수 있는. 톰 밀어 내 맨발에 나무를 해 서 요 하 고 높은 inched. 때 톰 완전히 그의 팔을 확장 했다 하 고 최대 팁 발가락에 도달할 수 상 지. 한 손으로 지점 주위를 감 쌌 다 그리고 마지막으로 다른 정상에 내 몸을 당겨 수 때까지. 분기 헛소리에 앉아서 내 호흡을 잡 았.

"보기는 어떻게"? 톰은 농담조로 물었다.

햇빛 지점과 반짝 잎 사이의 춤을 췄 어 요. 나는 나무 사이 아래를 보 니와 거리에서 수 있습니다 참조 햇볕에 쬐 인 습지 조용히 스파클. 이웃 나무 aliveness 내에서 볼 때 방출할 것 같았다. 대규모 ironwood 허용으로 우리는 ' 세계.

"그것은 괜 찮 아 요," 라고 트렁크에 대 한 평면 밖으로 껍질을 벗기는 내 동생의 시체를 보고 지점의 가장자리 보였다 동안. 그의 손에 쥐고 짖는 돌출 및 그의 발가락에 늑 골 사이의 오목한 들여쓰기에 있는 발판. 천천히, 그는 그의 팔, 다리, 손가락, 발가락 대규모 트렁크에 포옹에 확장으로 개구리 같은 것을 보고 나무를 드리 워 있다. 마지막으로, 그는 충분히 가까이 나는 큰 가지를 통해 내 뱃속에 누워, 내가 손을 잡아 그에 대 한 확장. 신중 하 게, 그는 트렁크에서 손을 해제 하 고 잠금 내 뻗은 손가락. 그는 곧 내 옆에 앉아 있었다.

큰 가지를 내 다리 잎 덮여 바닥 위에 높이 매달려 보자 두 분기 사이 자리를 발견. 인치 우리의 단 화와 우리의 출구를 지키는 경사진 트렁크의 기지에서 두말 없이 앉 았다. 분기, 더 높은 잎을 내면서 부드러운 바람에 부드럽게 좌우 하지만 숲 바닥에 아직도 남아 있었다.

등반 쉬울 것 이다 지금 가지 않았기 때문에 가까이 함께 작은 지점 파악 했다. 톰 이미 주요 분 지의 다음 설정으로 천천히 상승 하기 시작 했다. 그는 항상 2 포인트 규칙을 순종. 한 발과 한 손으로 두 지점에 확보 했다 또는 발 나 왔 죠, 또는 두 발로 불확 실한 균형 지점에 두 손을 걸쇠. 첨부 파일의 3 점 이었다, 더 일반적으로 럭셔리 하지만. 우리 아이, 우리가 나무를 올라 본능 선호도 했다 알고 있었다. 성인 올라 그들의 타고 난 능력을 잃었다 고만 땅에 걸을 운명 후 영원히 했다. 우리는 나무에 우리의 생활을 덧 없는 것, 심지어 그때 깨달았다 그리고 모든 것 들 임시 고 그렇게 알려진 경험 더 강렬 하 게 느끼고 하지.

"이 봐, 이건 멋지다 여기까지. 집을 볼 수 있습니다. 엄마의 빨 래를 걸려 외부 작업. 그녀가 그녀가 어디 우리가 알 았 소 했. 하! 서에 "라고 나에 게 위에 높이 매달려 그의 맨발으로. 난 그가 찍은 지점에서 지점 트렁크 주위 난 그가 어디에 앉아에서 인접 다리에 올라가서까지 동일한 경로 따 랐 다. 바람 자, 강한 이었고 가지 큰 영향력을 했다. 리듬을 이리저리 이동 하는 나무 느낌을 즐겁게 했다. 현기증, 느낌을 시작 하 고 우리 둘 다 우리의 얼굴에 제어할 수 없는 웃음을 했다. 엄마 옷 옷 라인에 매달려 볼 나뭇잎을 통해 보았습니다. 거의 그녀의 노래를 들을 그녀 일 수 있습니다.

이제 우리는 최고 지점에 탈 잡을 수로 높이 올라갈 흥분 했다.

분기 했다 작고 가까이 함께 우리는 올랐다. Ironwood 강한 나무가 고 우리 지점 깨는 두려워 하지 않았다. 우리의 가장 큰 관심사 지금 우리 전망을 즐길 수 있는 우리의 오르막에 멈췄을 때 앉아 편안한 장소를 찾는 했다. 우리는 마지막으로 주요 분 지의 마지막 세트에 도착 하 고 지상에서 100 피트 될 듯 우리의 발에 걸려. 난 항상 호기심 높이 보는 관점 같은 높이에서 아래를 내려다 보면서의 너무 다른 것 발견. 우리는 농장 및 분야도 및 시내에 밖으로 보였다. 자동차와 사람들 및 주택과 소 작은 보였다. 우리는 더 이상 세계의. 우리는 아이디어와 연결이 끊어졌습니다, 지금이 순간 적어도, 평범한에서 상상력의 마법의 영역에 존재 했다.

"잠시 만요!" 톰 고 함 쳤 다, "바람 발로!" 우리는 우리가 우리의 얼굴에 그것을 느꼈다 고 나무 흔드는 시작 될 때까지 다른 나무의 잎을 통해 서 리플 바람을 볼 수 있습니다. 우리는 우리가 밀접 하 게 개최 하 고 상단 지점 앞뒤로 이동 giggled.

"그건 괜 찮 네요!" 난 아직도 내 혈관을 통해 전기가 일부 아드레날린 흥분, 소리 쳤 다.

"정말 멋 졌 어," 톰 동의 그가 잡은 그의 숨 결. "당신은 우리 지금 내려 시작 합니다 생각 하십니까?" 뜻밖에 덧붙였다.

"엄마 이제 곧 점심 준비를 해야 합니다 가정 합니다. 당신은 어떻게 그녀가 그것을 미 워 우리가 늦게 알고," 내가 matter-of-factly와 마찬가지로 대답 했다.

우리가 내려 등반을 시작 하기 전에 우리들은 우리 위에 공기에 ㄲ. 일부 까마귀 그들의 영토로 우리의 침입에서 그들의 불만 표명 했다. 그들은 그들 자신의 사이에서 그들의 진한 의도 screeched, 몇 했다 우리가 집착 했다 고 날아 다시 그들의 동료 marauders 복귀할 키 죽은 나무 가지에 가까운 패스 다이빙.

"빌어 먹을 까마귀," 톰 scowled, 취약 한 느낌.

"저기 봐! 저기 까마귀의 전체 살인!" 소리 쳤다. 우리가 그것을 반복 하는 것을 참을 수가 없었 우리 까마귀의 그룹 '살인' 불렀다 발견, 이후 언제 든 지 현재 자체 기회.

"까마귀의 큰 살인이 있다!" 톰은 열정적으로 동의 했다. "아들의 암컷," 고 덧붙였다. "아 아, 난 그들이 다시 오고 있어!" 그는 우리가 말했다 둘 다 작은 직 립 분 지 아래로 발진. 우리는 우리가 낮은 이동 그들의 승리의 외침 오버 헤드를 들었다.

Irate 다람쥐 우리 주요 분 지의 가장 높은 집합의 측면에서 우리 발에 매달려 앉아

chattered. 그는 그의 나무; 침공에 대 한 우리에게 꾸 지 람 그의 큰 덥 수 룩 한 붉은 꼬리 천천히 아래로 이동 및 그 chattered 시끄럽게 하는 동안 다음 느낌표도 팝업.

"젠 장 다람쥐," 톰 심하기로 우리는 우리가 우리의 무기를 대부분 얻을 수 있도록 충분히 작은 있던 트렁크 아래로 미끄러져 주위 방법.

우리 천천히 우리의 방법을 했다 낮은 큰 나무에서 더 높은 이동 하는 태양으로. 우리 주요 분 지의 두 번째 집합을 첫 번째 나무 아래까지 내려 보았다. 톰 어디 우리가 지금 우리는 한 시간 전에 올라가서 토까지 날을 도왔습니다.

"나는이 쪽에 아래로 흔들 희망과 지점 위에서 하려고 거 야. 일단 시작, 난 수 없습니다 막을,"톰 숙고.

"여기에서 당신을 안내 하려고 합니다," 나는 약하게 추가 되었습니다.

그는 미끄러져 두꺼운 분 지의 측에 그의 손에 개최 하는 동안 내가 할 수 있는 만큼. 도움이 될 그의 발가락 아무것도 잡고 필사적으로 그 껍질에 그의 손가락으로 쥐고 서 그 천천히. 그의 시체에 대 한 거 대 한 트렁크, 심지어 그의 머리를 옆으로 돌리 었 다 평평 하다 그 아래쪽으로 미끄러져 서.

"오른쪽 발 밑, 빨리!" 난 필사적으로 소리 쳤다.

그는 그의 벌 거 벗은 발 아래 거 대 한 큰 가지를 잡은 그것 위에 자신을 세우, 앉아, 조회 고 말했다, "케이크 조각."

넓은 부드러운 지점 상단 내 뱃속에 누워 있는 동안 내 목 구멍으로 상승 하는 내 위장 느낌. 껍질 부드러운 느낌과 내 노출 된 피부에 따뜻한. 미 끄 러 신중 하 게 저쪽 큰 가지에 대 한 평면 내 손바닥. 내 발가락은 얇은 그립을 얻을 수 있는 늑 골 붙인된 압 흔에 대 한 검색. 트렁크에 돌출을 잡을 수 있도록 한 팔으로 가자. 나 때 트렁크에 잡고 다른 손으로 게 슬립 하기 시작 했다. 난 한 손으로 쥐기 위해 필사적으로 잡고 있지만 그건 너무 늦 었 어; 미 끄 러 했다. 아래로 손 아래 한 발 내 가속을 깨는 느낌 때까지 떨어졌다. 톰와 그가 앉아 있는 거 대 한 분기 왔다.

"파이의 조각을," 내 평 정을 회복 하는 동안 외쳤다. '파이의 조각'은 ' 케이크 조각 '; 보다 쉽게 적어도 무엇 우리의 사촌 자 니 우리에 게 말했다.

"있어요 너무 무거운," 톰 불평으로 그가 그의 손을 문질러 서.

인치 우리 땅에 가까이 왔을 때 더 흥분 하고 있었다. 그녀가 기대로 짖는 원에 다니던.

톰 마지막 하강을 확인 하기로 했다. 트렁크 sloped 바깥쪽에서 우리가 어디에 앉아, 그리고 갈비뼈 더 발음 되었다. 톰 adroitly 큰 가지 떨어져 미 끄 러, 손, 그리고 거미 트렁크 아래로 걸어와 돌출을 움 켜 잡았다. 그는 나를 따라 기다리고 기지에서 조용히 서 있었다.

내 손과 발 아픈이 시간까지, 그리고 껍질에 클러치를 상처. 톰 스 예를 따 랐 지만 절반 방법 다운에 대 한 내 그립을 잃 었 하 고 트렁크에서가에 시작 했다. 신속 하 게 기지에서 연장 뿌리를 지우기 것이 그렇게 내 발 밀어 하기로 결정 했다. 거꾸로 떨어진 잎이 매트리스에 상륙 하지만 열심히 명 중 충분히 내 뒤 나 바람을 뜨 렸 다. 몇 가지에 대 한 무서운 순간, 내가 숨을 수 없습니다. 마지막으로,는 언 듯, 후 나는 다시 내 폐에 멋진 달콤한 공기를 말하다. 인치 내 얼굴을 핥 고 기회를 했다. 톰와 제프의 우려 면으로 올려 보았습니다.

"야 여기서 뭐"? 제프에 게 물었다.

"엄마 내가 서 수 있습니다 당신과 함께 플레이 했다. 무엇 당신은 뭐 야 '? " 제프 물었다.

"아무것도 그리고 당신은 더 나은 하지 엄마에 게!" 나는 위협.

"나는 하지 않습니다. 난 비밀을 지키는 좋은!"그는 웃었다.

톰 하 고 우리의 눈을 굴려 서로. 제프, 나 보다 어린 4 년 이었고 그가 아직 학교를 응시 하지 않았다면. 톰 제프 우리 엄마가 그의 시간의 대부분을 보냈다 하는 동안 우리가 가까이 있었다 그래서 나 보다 2 년만 이었다. 그는 확실히 엄마의 소년 이었다. 그는 또한 매우 정직한 자연 졌고 따라서 우리의 비밀을 완전히 신뢰할 수 없습니다.

"다음 맹세!" 나는 요구 했다. 내 손에 침을 하고 그것을 밖으로 제프를 향해 돌격. 그 엄숙한 약속 하도록 요청 되 고 엄청난 자부심을 느꼈다.

"맹세," 보고, 그 대답 했다, 그의 손에 침을 하려고 및 다음 다시 성공적으로 시도. 나는 선서를 봉인 하기 위해 함께 우리의 부주의 손에 푹.

"나, 맹세 해요 지미?" 그 timidly 물었다.

"는 당신이 되지 않습니다 말할 엄마 아무것도!" 게 대답 했다.

"좋아," 그는 대답, 만족. "찾아 봅시다 화살촉," 고 덧붙였다.

"화살촉을 찾을 첫 번째 우승자는!" Tom는 정식으로 소리 쳤 다.

그걸로 우리 삭제 오래 된 인도 흔적을 다시 우리의 방법을 했다. 우리 모두 아래 토양에 나뭇잎을 통해 파고를 시작 하 고 스크래치 표면 아래에 우리의 발을 사용 합니다. 인치 우리를 감시 하 고 우리 주위에 구멍을 파고 시작 했다. 제프 인치 수 있도록 갔다. 근 면 한 검색의 침묵 시간 후 제프 뒤에 뭔가 드롭 톰을 보았다.

잠시 후 우리들은 제프 밀고, "하나 발견! 난

하나를 발견!"하 고 그 묵상의 순간, 후"내가 우승자!"

톰 제프 후 보였다. 난 항상 그렇게 되지 않았습니다. 톰 제프 서 갔다 흥분 위아래로 반송. "그것은 좋은 하나," 부서진된 부 싯 돌의 조각을 공부 후 말했다.

우리 모두 제프 그의 작은 손에서 상금을 개최 주위에 모여. 포인트와 만들어진된 바위의 가장자리 만들어진 날로 예 리 했다. 녹색 회색 바위 유리 매끄러운 표면 번쩍 햇빛의 반짝임에서 개최 하는 경우 조밀한 덮개를 통해 표시 합니다. 우리 영원한 순간에 대 한 **reverent** 침묵 속에 신성한 개체를 존경. 마치 깨진된 트랜스에서에서 올려 보았습니다. 톰 했다 그의 머리가 그의 어깨를 인계 하 고 그 뒤에 보였다. 마치 보이지 않는 힘 우리는 보고 있었다 느꼈다. 나는 내 뒤에 보았다. 구름 했다 태양, 보상과 어둠 싸여 비운. 딱따구리를 들어 **rat-a-tat** 포리스트에 있는 보이지 않는 곳에서 에코. 도토리와 우리가 어디 서에서 몇 피트 착륙 우리 높이에서 떨어졌다. 신속 하 게 그들이 할 것으로 알려져 있습니다로 다람쥐 우리에 게 시도 했다 경우 궁금. 우리들은 소리 사이의 침묵 두꺼워.

"왜 그것은 점점 너무 어두워"? 제프, 그의 눈 물이 시작 물었다. "**A'scared**", 그와 함께 나뭇잎에 화살촉을 던졌다 그리고 실행 하기 시작 했다. 인치 yelped을 따 랐 다.

톰 고 나 서로 쳐다보면서 나무에서 먼 오프닝으로 레이스를 시작 했다. 제프는 이미 훨씬 앞서 우리가 잎이 빈 터를 가로질러. 비록 우리가 미행 당하고 있었다; 것 같았다 곧 내 발은 땅에 감동 더 이상 같은 느낌. 난 내 팔 다리에 정착 했다 두려움에 의해에 했다 공기에 큰 속도로 달리 고 있었다. 우리 무서운 숲에서 끊임없이 빠르게 큰 loomed 오프닝. 우리는 포털에 도달 하면, 우리는 앞서 인치와 함께 햇볕에 쬐 인 콩 들판을 가로질러 제프 트로트를 둔화 했다 볼 수 보였다.

"난 안 무서 워입니다. 난 그냥 하려고 했던 제프 따라잡기,"톰 말했다.

"나도," 부담 없이 우리는 들판을 가로질러 걸어 동안 대답 했다. "하지만 우리가 했다 더 나은 따라잡기 제프 그는 엄마에 게 이야기 하기 전에." 톰 걱정 끄 덕 였다. 우리는 트로트로 다시 끊었다.

우리들은 엄마로 우리는 필드 전화 "토미, 지미, Jeffey, 그것은 점심 시간 이다!"

우리에 도착 했다 뒷문 제프 자랑 스럽게, 선언 들을 시간에 맞춰 "엄마, Tommy와 지미 아무것도 하지 않 았 어!" 톰 하 고 서로 게는 ' 어 오 ' 보고. 우리가 걸어 어쩌면 조금 너무 부담 없이.

엄마는 그녀의 집 드레스를 다루는 그녀의 잘 착용된 앞치마로 서 하 고 우리 의심 보았다. "당신이 두는 광경! 지금까지이 있었나요? 모두는 먼지의 아래 그 나무 수액은? 알다시피, 옷을을 나갈 수 없습니다. 글쎄,가 세척 얻을. 테이블에 샌드위치 있습니다. 스스로 어떤 우유를 붓고."

엄마 정말 우리 화가 가져올 수 없습니다. 이것은 대 한 많은 꾸 지 람 우리가 있어. 그녀는 우리 나무 nymphs로 야생 되 었 었 다 알고 있었다. 그녀는 그녀가 어렸을 때 우리는 그녀가 그녀가 시카고에 노르웨이 루터교 고아 원에 살았을 때 나무의 그녀의 몫을 올랐다 의심 톰-소년 이었다. 그녀는 우리의 가장 친한 친구 이었다.

우리는 부엌 식탁에서 쓰러질 토. 참치 샌드위치의 냄새는 침이 우리. 우리는 우리의 음식을 아래로 wolfing 시작 했다. 제프는 때때로 그의 샌드위치의 한 입을 중지 테이블에 그의 작은 녹색 플라스틱 육군 남자를 노는 테이블에 앉아. 우리 모두 오래 된 인도 흔적에 대 한 테러의 우리의 순간을 잊고 있었다.

엄마와 서 말했다, "내가 원하는 당신은 잔디를 깍는 전에 네 아버지 집에 오면 두."

톰 하 고 서로 바라 보았다. 우리 둘 다 큰 '심각' 잔디 깍 기에 대해 생각 했다. 그것은 두 개의 큰 고무 바퀴 중앙에 위치 하는 엔진 앞에 튀어나온 낮은, 커버 로터리 블레이드를 했다. 연결 된 클러치와 브레이크 레버 뒤쪽에 나온 두 개의 핸들을 확인 하 고 있었다. 엔진은 엔진의 측면에 돌출의 주위에 감싸인 밧줄으로 arduously 시작 되었다. 일단 시작 하 고, 엔진 스퍼터 링 및 실린더의 발사 시간에 간헐적으로 회색 까만 연기를 방출 태 어 났 죠. 그것은 동요 하 고 적극적으로 진동 핸들을 일으키는 흔들었다. Pulsating 컴퓨터에 있을 수 있는 아무것도 통해 앞으로 당 겼 다는 ' 기어에서 넣으면 경로. 그것은 신속 하 게 주위 우리를 뽑아로 서 우리가 그립에서 던져 질 수 또는 우리는 모서리 주위 꽉 했다.

우리는 서로 테이블을 가로질러 보았다. 우리 둘 다 완성을 먼저 갈 것 이라고 알 았 어, 밖으로 '심각', 시작 하 고 다른 실행 그의 차례를 기다려야 할 것입니다. 톰의 테이블을 가로질러 보았다, 내 눈을 좁혀 빨리 식사를 시작 했다.

2 Isla 비스타

가을 '70 후 졸업 고등학교 나 왼쪽에서 홈 학교 UC 산타바바라를 시작. UCSB 히피 카페의 공예 상점 작은 상업 지역 주변 저렴 한 아파트 건물의 괴상 집적은 Isla 비스타의 고립 된 해변 지역 사회에 위치 하 고 있습니다. 샌 프란 시스 코의 하이트 Asbury 지구 처럼 Isla 비스타 반문화의 진원지 였다. 반전 난동 여기 있었다 이전 해; 폭동의 공기 속 마을 침투 해. 17, 그리고 집에서 적이 없었다.

콘크리트와 수영장의 동굴 마당 했다 큰 치장 용 벽 토 3 층 아파트에 입주. 쿼드를 내려다 보이는 구조의 내부에 산책로에서 열린 우리 아파트 문. 덮여 통로 콘크리트와 강철은

고 통과 하는 때를 흔들었다.

나는 다른 두 신입생과 2 층, 3 침실 아파트에서 살았다. 스티브 완전 덥 수 룩 한 검은 수염과 웃는 눈을 가진 작은 유태인 이었다. 그는, 나 같은, 이었다 로스 앤젤레스에서 하지만 그는 부유한 웨스트 사이드, 산 페르난도 밸리 이라는 집에서 세계에서 온. 그 영어 전공 될 거 라고 하 고 그는 사회주의자를 되 고 싶어 하는 발견에 일정 한 공포에서 살 았 그는 그의 아버지를 말했다. 우리의 나머지 부분 처럼 그는 세상을 바꿀 싶 었 어 요 그리고 그는 그가 수 있었다 믿 었 다. 그는 오래 된 폭스바겐 버그를 운전 하 고 그것에 집에서 완벽 하 게 보였다.

데 니 모래 머리 하 고 강력 하 게 건축 되었다. 그 깊은 피어 싱 눈 그리고 그의 덥 수 룩 한 눈 썹 그의 코를 통해 만났다. 그는 깎은, 그 무거운 수염과 특히 모피 몸 했다. 그는 콩코드, 캘리포니아에서 왔어요. 이후 그 아파트에 처음와 서 했다, 그 요구 하는 우리 그의 규칙을 준수 해야 합니다. 우리가 드물게 처음;에 그를 보았다합니다 그는 대부분의 시간 그의 방에 머물렀다. 스티브와 나는 학기 시작 하기 전에 하나 아침 앞 방에 앉아 있었다. 집중된 심문 긴장 된 웃음으로 우리 앞에 서 서 그의 방에서 밖으로 실려 갔 데 니.

"내가 냉장고에 음식을 넣어. 그것은 내 꺼야입니다. 난 아무도 원하지 않아 그것을 터치,"그는 소리 쳤 다. 그는 그의 시선에 고정으로 거기 서 있었다. 스티브와 나는 서로 바라 보았다.

"좋아," 우리 둘 다 믿지와 그를 쫓는 했다. 그는 우리 뒤로 모습, 자신에 게, 및 행진 하는 그의 방으로 다시 웃으면서 문을 닫 았.

이 패턴은 다음 몇 주 동안 그 자체를 반복합니다. 데 니, 그의 방에서 폭풍 것입니다 우리의 일부 수요를 확인, 그 아는 미소 미소 그리고 그의 성소 돌아갑니다. 어느 날, 그의 방에서; 데 니 온 그의 털이 벗은 몸은 성 기 발기와 첨부 터 했다. 그는 괴기 한 미소와 함께 우리 앞에 서 있었다. 상당히 어 색 한 잠시 후, 그는 그의 방으로 돌진.

누가 쉬운가, 관대 한, 스티브와 부드러운 사람들이 내가 아는 했다, 나를 보고 외쳤다, "이 빌어 먹을."

우리 사무실까지 다른 아파트를 요청 하 고 3 층 평면 다음 날 이동 합니다. 짧은 시간 나중에 우리들은 데 니 거리 비명 달려 볼 수 있었다 고 카 말리 오에 국가 정신 병원으로 촬영 됐다. 우리 모두 읽고 있었다 돈 후안에 대한 카를로스 Castaneda 책 원주민 주술사 북부 멕시코에서. Castaneda 자신 돈 후안 apprenticing 함으로써 그의 논문을 했다 UCLA 대학원 학생 이었다. 그는 다른 의식 상태를 얻을 수 있도록 돈 주앙 Castaneda 다양 한 네이티브 환각 약물 관리. 우리는 데 니 어떤 환각 약물 실험 했다 수 있습니다 생각. 그것은 우리들은 그의 마지막 이었다.

프랭크는 전면 침실 몇 일 후 입주. 그는 일본 가계의 이었다. 그는 어깨 길이 바로 검은 머리와 깨끗 한 얼굴을 했다. 그는 그의 무릎에 그의 껑 충 한 프레임에 떨어진 뜨개질된 천으로 벨트 bell-bottom 데님 청바지를 입고. 그는 체조 장학금을 UCSB 참석을 받았다. 그는 강력 하 게 팔과 어깨 같은 시간 아시아 상체에 내장 했다. 그는 미소 하는 때 그는 행복 하 게, 또는 그가 되지 않았기 때문에 했다. 그것은 예방적인 미소와 악의 미소 구분할 수 있을 것이 현명 합니다. 나 처럼, 그는 드물게 말했다. 우리는 곧 빠른 친구가 되었다. 프랭크의 가정 생활은 우리의 나머지 부분에 다소 달랐다. 반면 우리의 부모 빈곤과 대공황의 절망에서 자란 다음 제 2 차 세계 대전으로 던져졌다, 프랭크의 부모 모두 자신의 재산을 그들 로부터 압수 했다와 1940 년대의 상반기 동안 강제 수용소에 투 옥 되었다. 불의 중앙 골짜기의 북부 부분에서 큰 트럭 농장을 소유 했다 모든 것을 잃 었 때문에 프랭크의 아버지에 대 한 더욱 심각한 했다. 우리 중 많은 우리 부모님 사이의 틈은 깊은. 그들의 파 시스 트 보수주의 우리의 새로운 자유주의와 충돌 했다. 권위에 그들의 맹목적 인 복종 전쟁과 정부 불신에 우리의 반대를 향해 분노를 촉발. 또한 프랭크의 부모님 정치 권위의 깊게 신용 치 않는. 이 방법으로 프랭크와 그의 아빠가 우리가 우리와 함께 잃은 친밀감 유지. 그러나, 마약 사용 경합의 뼈에 남아 있었다.

클래스, 사이 프랭크와 나 의류 옵션 Isla 비스타 바닷가에서 놀고 시작 했다. 우리는 아주 많이 sunning, 그들의 개를 산책 하거나 모래에 프리즈 비 재생 노골적인된 여 학생을 보고 즐겼다. 우리가 일반적으로 너무 많은 냄비 훈제 않으며 드물게 어떤 공부 물론 의도 했다. 해변 모래에 그리고 물에서 타르의 작은 방울을 했다. 우리는 우리가 살펴 밖으로 거리에서 드릴링 리그에 반짝이 푸른 물으로 교활한 석유 회사를 비난 했다. 나는 훨씬 나중에 우리의 발에 있어 검은 구 수세기 Chumash 시달려 했다 배웠습니다.

우리는 또한 비즈니스 지구에 작은 카페를 자주. 웨이트리스 흘러 그들은 정상적으로 테이블을 이동 하는 느슨한 끼는 옷을 입고. 그들은 모두 당신을 통해 그들이 말한 대로 보였다 같은 꿈꾸는 듯한 미소를 보였다. 그들의 머리 긴 고 직선 또는 꼰, 그리고 그들은 결코 메이크업 이나 브래지어를 입고. 그들의 다리는 부드럽고 털 복 숭. 패 출 리의 매혹적인 향기 공기를 통해 떠내려.

우리는 작년에서 폭동의 이야기를 들었어요. 각 지역 학문의 물건 되 고 이미 이벤트 기간 동안 그들의 특정 악용 재검표 고자 했다. 클래스 보이콧 했다 고 분노 Isla 비스타에서 미국 은행 건물에 집중 했다. 뱅크 오브 아메리카와 가톨릭 교회 동남 아시아에서 전쟁을 일으키는 수단이 어떻게든 됐다 허용된 지식이 했다. Isla 비스타에서 분기 폭동 전에 반복적으로 폭격 했다. 우리는 UCSB를 참석 하는 동안 밤 동안 폭발을 듣고 계속. 은행 금고 문이와 경사진 창 벽 벽돌 요새를 닮은 재건 되었다. 까맣게 탄된 폭발 남아 변색 벽돌.

소요 했다 산타바바라 보안관 지원군으로 로스 앤젤레스 경찰 부서에서 전화 하기로 결정 때까지 가끔 깨진된 창 이외에도 일반적으로 평화로운. LAPD는 버스에 도착, 학생 그들의 반대 편에 대량을 엉 모였다. 경찰 버스, 개 및 줄지어 폭동 진압 장비와 복. 학생, 위탁 및 경찰 흩어져. 이 전함 그래서 그 후에, 그들의 폭력 되지 않았다고 차별을 LAPD 분노. 학생 banding 하 고 던져 발사체와 전투를 하 여 대응 했다. 전쟁은 LAPD 철회 될 때까지 몇 일 동안 지속 되었다. 우리는 개작과 성장을 보였다 도시 전쟁의 많은 이야기를 들었어요.

수업 후 오후 우리 앉아 마시는 커피. 작은 키가 우리에 게에 청바지, 그리고 빨간 손수건 머리 띠를 입고 라틴계 sauntered.

"이 봐, 당신 들, 본 적 여기 앉아 있습니다. 그는 그의 자를 뽑아 물었다 나 카를로스, 마음 당신을 가입 하는 경우?".

"좋아," 우리는 대답 했다.

"나는 당신 들 엉덩이 모든 헛소리에는 알 수 있습니다. 우리가이 빌어 먹을 정부 및이 빌어 먹을 전쟁에 대 한 뭔가 할 수 있어."

"예," 우리는 동의 했다.

"내가 말할 수, 그들은 우리에 게 작년 침공 때 그들이 빌어 먹을 돼지를 맞았다. 나는 놈 들 정말 엿 그룹 지도. 우리는 지붕에 있고 바위와 홍수. 게 몰로토프 칵테일, 하 고 싶었지만 다른 겁쟁이 하자 않을 것 이다. 이 봐, 난 정말 좋았을 것 이다 점화 하는 그 돼지를 보고." 그는 분노를 증가 함께 이야기.

우리 카를로스 관심을 보였다.

"우리는 그 빌어 먹을 닉슨 중지 있어. 우리는 그를 쓰 러 뜨 려 있어. 이 전쟁 빌어. 당신 들 어떤 행동에 관여 하는? 내가 말할 수 있는 당신 들 행동을 취하기 위하여 유형입니다. "

프랭크 디 씩 웃었다.

나는 반복 되는 꿈을 했다. 제가 m 16을 들고 정글 어딘가에. 육군 장교는 우리 발사 베트콩 단위 공격을 날 것을 촉구 했다. 나는 결정에 의해 직면 했다 공격 또는 육군 장교를 죽 일. 난 다음 땀이 일어 났다. 나는 내 자신을 그 상황에 들어갈 수 있도록 수 없습니다 알 았어. 18 내년 것입니다. 복권 1 월에 일어날 것입니다. 만약 내 생일에 대 한 수 100 또는 더 적은, 내가 초안 것입니다. 내가 알고 내가 캐나다로 이동 했 고 그것은 저 죽음을 무서 워. 전쟁을 종료 할 수 있는 것은 가치가.

"예," 나는 동의 했다. "하지만 우리는 작업을 놓친. 물론 우리가 여기 있었으면 합니다."

"나는 당신 들 바로 전선에 되었을 것 이라고 말할 수 있습니다. 난 당신이 보고 알 수 있습니다. 사용 했을 수도 당신 들 빌어 먹을 돼지 침략자에 대 한." 그는 말했다 그가 우리의 눈으로 보고 하기 위해 배 웠 어.

카를로스 우리가 어디가 서 우리가 했던에 흥미 있었다. 그는 우리를 충족 하 고 그는 항상 연기에 좋은 냄비 했다까지 보여줄 것 이다. 우리는 정기적으로 개최 되 고 다양 한 반전 논증에 그를 동반 하기 시작 했다. 대부분 로컬 스피커를 듣고 모여 단골의 작은 그룹이 있었다 캠 보디 아의 내 습의 이야기. 이 문제 의회 닉슨에 도전 하는 것으로 인식 되었다. 침공 그것을 금지 했다 의회 에서도 비밀 유지 되었습니다 했다.

카를로스 항상 실시 몇 오렌지 그의 주머니에 경우 돼지 나타났다. 산타바바라 보안관 현명한 성장 하 고 명확 하지 않는 한 절대적으로 필요한 체재 했다. 작은 모임에도 있었다 일반적으로 서너 J. 에드거 후버의 남자의 표시. 그들은 그들의 close-cropped 머리, 어두운 코트와 선글라스 띄었다. 항상 한 쌍에서 그들은 안으로 혼합 하는 어떤 시도 하지 않았다. 그들의 존재는 명확 하 게 협박에 시도 했다. 보이지 않는 눈 어두운 안경 뒤에 저에 고정 하는 척추 떨고 발생 합니다.

"1, 2, 3, 4. 우리가 원하지 빌어 먹을 전쟁! " 우리는 물러나와 긴 지도자에서 연단에 다시 불렀 죠.

"호 호 호 치 민입니다.

NLF 이길 거 야!"우리 한 마음으로 다시 소리 쳤 다.

군중의 기질 상승 때까지 우리가 우리의 반전 마법을 외치 며 캠퍼스 en 질량을 걷기 시작 했다. 군중 성장 행진 하는 우리 하 고는 성가 단 음 피치에 상승 했다. 프랭크 예쁜 뉴델리와 팔에 팔을 걸어. 집회 여자를 데리 러 멋진 장소를 했다. 그는 그를 그의 눈과 장난 gloating 미소 나에 게 놓으려고. 그녀가 이데올로기 지원이 필요로 하는 여자 친구가 있었 답니다. 우리는 바쁜는 40 분에 3 월을 설정 하려고 했던 카를로스 버림 받 았. 우리는 다음 잔디 연기와 정치 토론을 그들의 아파트를 우리의 새로운 친구와 함께. 이것은 또 다른 하루 때 보조 상태로 강등 되었다 공부 했다.

카를로스는 조지아 라는 아이 보 리 코스트에서 아프리카를 도입 그는 얇고, 아주 검은 진흙 갈색 눈 창백한 노란색 흰색에서 설정. 그는 벽에 마오 Tse 치 퉁의 대형 포스터를 가진 전용된 공산주의자 이었다. 그는 자주 앞에 빨간 별을 가진 중국 스타일의 짧은 챙된 모자를 입고. 그는 마리화나가 다른 어떤 가능한 보다는 더 강한 했다. 그는 또한 해시를 처리 합니다. 그는 우리를 용납 하 고 우리 젊은 활동가 있기 때문에 우리에 게 연기를 했다. 우리의 동기와 의도 차가운 계산 공부 합니다.

그와 함께 살았던 그의 여자 친구는 조용 하 고 어두운 머리 백인 여자를 했다. 조지아 그는 항상 그녀에 게 화가 처럼 그녀를 취급. 처럼 그는 왕자가 아마 그 자신의 국가에서 그가 그녀는 그를 기다렸다. 그것은 우리은 비 웃음, 치료 하는 여자를 보고 불편 하 게 하지만 우리에 게 현실 세계의 다른 부분에서 살짝. 그녀는 그를 두려워 했다. 카를로스 했다 우리에 게 감탄가 완전 자동 a K-47을 했다. 조지아 드물게 미소; 그는 위험한 남자입니다.

우리는 정치학 및 사회학 수업을 향해

gravitated. 많은 교수 학생으로 급진적인 것 이었다. 그들은 우리의 antiestablishment 이데올로기를 강화 했다. 우리는 선전 보다 조금 더 많은 것으로 우리의 고등학교 공 민, 역사 가르침에 대해 들었다. 우리 정치 현실의 우리의 기본적인 아이디어를 재인식 하는 데 필요한. 헌법은 지배적인 엘리트와 그들의 군사 lackeys에 망신 되었고 드물게 이외의 공립 학교에서 가장 일반적인 관점에서 논의 했다. 헌법과 건국의 아버지 아무것도 우리 상상 보다 더 혁신적인 했다. 국가로 서 마침내 완전 한 동그라미와 무질서의 힘에 대하여 그들의 제국을 보호 하는 영국 처럼 되었다.

누가 내 여동생 팸의 남편 으로부터 ' 59 MGA를 차용 했다 ' 육군 CID 단위와 남. CID 군사 경찰 정보 그룹 이었다입니다. 그들은 모두 군대를 싸우고 자신을 발견. 되 었 었 다 게임할 평범한 전쟁에 끌려 서. 그들은 전투로 그들을 강요 하 려 한다면 징 남자 임원 대상. 헌병 그들은 위협 되는 경우에 제거 것입니다. 빌 었 었 다 집에 두고는 몇 주 전에. 꺼내서 그에 게 그의 MG에 타고 그 마을에 하는 동안. MG 작습니다; 앞은 좁고 긴 구획에 발 고 자리에

슬라이드. 빌 큰 사람 이었지만 차 실패 때 그가 가까스로 자신의 몸 전체 계기판에서 그 작은 칸막이에 끼여. 그들은 그녀에 눈을 유지할 수 있도록 내 동생이 그의 부모와 함께 살았다. 그는 집에 두고와 서, 그 가끔 충실 되 고 그녀를 비난 하 고 그녀를 이길 것.

주말에 프랭크와 나 자주 몰고 백 라까지 몇 마일 MG에. 여자 친구, 레이첼, 그라나다 언덕에 거주 했다. 그녀는 16, 긴 똑 바른 금발 머리, 푸른 눈, 그리고 관 능 적 몸. 그녀는 섹스를 사랑합니다. 난 그녀가 어린이 영 했을 확신 했다. 나는 아빠가 될 것 아니 었 어 하지만 난 그녀의 매력을 저항할 수 없습니다 있는지 확인 싶 었 어 요. 그녀가 내게 어린 소녀 비밀과 욕망의 파스텔 색 향수 편지를 보냈습니다. 그녀는에 보전 될 수 있던 유일한 것 들 중 하나 였다.

우리는 위에서 아래로 빨간 가죽 시트에 자리 잡고 있으며 아침에 골 레 타를 떠났다. 푸르 르 작은 4-실린더의 해안을 따라도 따라 철사 바퀴의 매끄러운 열반 했다. 우리는 통과 산타 바바라 stoplights 101 번 고속도로에 요트 항구에 락의 번쩍이는 햇빛. 우리가 공유한 후

'공동' 프랭크 부는 그의 블루스 하 모니카 연주를 시작 몰 멜로디 솔로 때때로 돌발 하 고 다음 최 면 리듬에 맞춰 다시 표류 기차. 그는 매우 풍부의 외딴된 저택 누워 숨겨진 몬테의 piney 언덕을 통과 했다. 우리는 오른쪽에 홍합 떼의 해안선을 따라 통과 Cliffside 집 불확 실한 천 피트 절벽의 기초에 앉아 왼쪽. 우리는 거 대 한 난초 온실 Carpeneria 및 벤 츄 라에 의해 몰고. 아침 햇살 따뜻한 성장과 옥 스 나드 외부 딸기 필드를 핥 았다. 해안 안개를 통해 드리프트 마일 지켜 프랭크는 주기적으로 침묵 되었다. 카 말리 오에 의해 전달 하는 경우. 궁금 경우 데 니는 여전히 거기에 정신 병원. 죄의가 책 그 이탈에 대 한 내 뱃속에 드리 워 있다. 한 시간 정도 후 우리 다우 전 옥 스, 칼라 바사 스를 통과 하 고 산 페르난도 밸리 노란 회색 스모그 층으로 내려 갔다. 우리는 서로 대 한 위치를 위해 jockeying 및 모든 측면에서 우리를 누르면 큰 익명 기계에 의해 몸부림치 느낌까지 교통 작은 검은 스포츠카 주위 챙겨.

우리 immaculately 트림된 동네에서 레이첼의 완벽 하 게 손질된 교외 목장 스타일 집에 의해 중지. 우리 ibm; 일 그녀의 아빠, 들어 그의 자비로 운 아버지 강의 우리의 misdirected

정치적 견해를 제공 합니다. 레이첼의 더 오래 된 형제 알려 그는 우리에 게 미국의 닭 간주. 그는 해병대에 가입 기다릴 수 없습니다. 우리 모두 웃으면서 그 중 하나에 참여를 위해 기다릴 수 없습니다.

레이첼 우리 사이 센터 콘솔에 앉아. 그녀의 미니 스커트와 꽉 탄성 블라우스 우리가 끊임없이 흥분 보관. 우리는 중단 하 고 그녀의 친구 쉴라, 노스리지에서 심각 하 게 귀여운 유태인 여자를 골 랐 어 요. 그녀는 전염성이 웃음과 밝은 빛나는 눈을 그린 했다. 많은 유태인 여자와 마찬가지로 여자로 그들의 멋진 아름다움 여자로 그들의 암 사자 자연 belied. 우리가 Topanga 협곡에 계곡을 건너 머리로 쉴라 프랭크 무릎에 앉 았다. 시프트 레버에 레이첼의 다리 사이 내 손으로 MG 편도 그리고 다른 변화 기어 arced. Topanga의 히피 영토 지나는 우리 참치 캐년 로드, 기어를 이동 하 고 신속 하 게 클러치와 가스 일 서로 대 한 누를 우리의 몸을 일으킨 단일 차선 매우 twisty도 오르막 길 아닙니다. 내 손을 마사지 레이첼의 허벅지 안쪽까지 이동 하 고 단단한 굴곡의 주위에 downshifted. 우리는 마지막으로 퍼시픽 코스트 하이웨이 빨간색 고 길 왔어요.

우리 주 마 비치 북쪽 멋진 말리 부 해안까지 몰고 있다. 주 마의 남쪽 끝은 붉은 현무암 바위 위에 올라가서는 작은 해변에 후손의 산 우리 라는 해 적 코브. 우리 잠시 변종을 철새 회색 고래의 어두운 거 대 한 모양을 찾고 반짝이 물에 우리의 눈을 긴장의 위쪽에 서 성 거. 점 Dume 태평양으로 밖으로 제트기와 큰 고래 쇼 어 여기에 가까이 서. 우리는 종종 이러한 웅장 한 들 물 아치 및 그들의 수공에서 공기를 추방 봤다.

해 적 코브 들쭉날쭉한 높은 붉은 바위 벽에 의해 포위 하는 모래의 좁은 초승달입니다. 프랭크와 쉴라 서핑에 재생, 두 개의 바위 사이 모래 분 패치에 녹색 양모 육군 담요를 마련 하고 레이첼을 놓으십시오. 태양, 짠 공기, 갈매기, 그리고 시원한 바람이 모든 되었다 하나 그녀의 부드러운 기꺼이 시체와 코코아 버터의 냄새. 시간은 여전히 서 서 그러나 신속 하 게 전달. 서쪽 태양 그들은 해안을 향해 손짓으로 부를 빨간색으로 그렸습니다. 나중에, 우리 수영 하 고 우리 자신을 정화로 우리의 입에는 소금 맛.

우리는 황혼 이라는 그 마법의 시간 동안 떠났다. 하루, 하지만 밤 군림 하는 차례를 기다렸다. 우리 네티즌 자신의 보드에 채워 넣고 그들의 잠수 용 고무 옷을 벗으로 퍼시픽 코스트 하이웨이 아래로 몰고. 유일한 소리는 배기 파이프를 통해가 르 랑 하는 4 개의 실린더의 허밍. 우리는 오픈 택시에서 시원한 바람에 함께 모여. Topanga 협곡 계곡 쪽으로 설정 합니다. 중간을 통해, 내가 뽑아 불길 한 거 대 한 참나무 아래도 프랭크 구호 수 있도록. 우리는 어둠 속에 앉아, 우리는 갑자기 우리 머리 위에 직접 야생 고양이 ㄲ를 들었다. 엔진을 다시 시작 하고 앞으로 압 연 시작 했다 우리는 우리의 숨을 개최. 프랭크는 마루에 한 발 문을 열고 하 개최. 고속도로에서 다시 우리는 아드레날린과 웃 고 은밀 하 게 우리의 머리 위에 지붕 했다 달라고.

우리는 여자를 내려와 엄마의 집에가 서. 샌디에고 고속도로 서쪽으로 1 마일 정도 Rinaldi 거리에 집 앞 난 간으로 주차. 돌출 보도 가까운 거리 옆 성장 carob 나무는 자란된 privet 울타리가입니다. 우리 체인 링크 문 열리고 hardpan 토양에서 생존을 위해 싸운 스파스 잔디를 가로질러 걷는. 50 파이 모양의 많은 금이 밤 공기에서 스퍼터 링 하 고 전력 라인 타워에 목장 작풍 집 이었다.

나는 익숙한 장면으로 부엌 문을 열었습니다. 그녀는 요리를 씻어 엄마 싱크 노래 했다. 우리는 우리의 어머니의 포옹을 얻을 옷 세탁기와 건조 기는 관문 옆으로 통과 시켰다.

그녀 그녀 그녀의 손이 건조 하 고 우리에 게 인사를 서는 외쳤다 "안녕 여 보,". "당신은 있었나요 좋은 여행을 아래로"?

"예, 그건 좋은입니다. 우리 이전 고 레이첼과 쉴라를 주워와 서 해변에가 서,"나는 대답 했다.

"아, 어떻게는 레이첼?" 그녀는 날카로운 눈으로 물었다.

"그녀는 괜 찮 아 요," 내가 속 삭 였다.

"그래, 그녀는 훌륭한 부인 DeBiaso" 프랭크 interjected '잘' 강조.

나 샷 프랭크, 옆으로 눈 및 그는 그의 장난 스러운 미소를 반환 합니다. "레이첼의 괜 찮 아 요," 나는 반복 했다.

우리는 열린 거실 TV 소음을 만들고 있었다 작은 식당에 걸어. 카 렌, 내 여동생, 7 크레용으로 그림 그리기 Formica 식탁에 앉 았다.

"짐!" 그녀는 그녀가 그녀의 빠진 앞 니와 웃

고 테이블 주위에 낪으로 밀고. 그녀는 우리 둘 다 정력적 인 포옹을 했다. 엄마와 아빠와 일 격의 그림 그리기 야 ". 그것을 보고 싶어 당신은? 일 격 다른 싸움에 합격 하 고 하나 그의 이빨을 잃었다. 보고 싶어 당신은? 선생님은 클래스에서 최고의 서랍 중 이다 "고 말했다. 그녀는 자랑 스럽게 외쳤다.

일 격은 끊임없이 헝 클 어진 긴 잘 머리 황갈색 색깔된 페르시아 고양이 됐다. 우리 카 렌 단지 아기 였을 때 그를 인수 했다. 그녀가 그녀가 겨우 그 보다 더 큰 때 주위 고양이 실시. 그녀가 그에 토 그, 히트 그, 그러나 그 고양이 그녀에 게 서 또는 절대 실행 하지 스크래치 그녀. 그는 더 오래 된 있어, 그는 더 두들겨 참이었 어. 그는 개 씹 차에 치인 했다 고 지속적으로 이웃 톰캣에 의해 위로 부상 점점 했다.

그녀는 말했다 그녀의 사진을 보면서 얼마나 좋은 그것은, 고 다음로, 카 렌의 아버지를 보았다 우리 인사를 그의 자에서 일어나.

로 열심히 작품을 빠른 분노 하지만 빨리 애정 하는 이탈리아. 그는 기쁨과 웃음에 열려 있지만 쉽게 상처가 있던 그의 소매에 그의 마음을 실시. 그는 정연 했다. 그의 머리 사각

모양 이었다. 그 close-cropped 곱슬 머리, 그리고 그의 귀 하지 대칭 끊기 위하여 그의 머리에 대 놓는다. 그는 그의 마 보다 약간 더 큰 되었을 수 있습니다 전체 이빨 턱을 했다. 그는 이탈리아 노동자의 세대에서 내려 고 강력 하 게 구축 했다. 그 뽀 빠이 팔 뚝, 그리고 그의 가슴 그의 허리로 같은 크기 대략 있었다. 그가 우리에 게 인사로 우리가 진심으 광범위 한 미소와 함께 방을 입력으로 그 그의 자에서 상승 했다.

우리의 관계는 전쟁을 통해 긴장 되었습니다 했다 그러나 집 떠난 후 우리 의견 나머지의 차이. 그것은 또한 우리의 논쟁으로 엄마의 깜짝 놀람을 보고 우리 모두 상처. 이것은 그녀의 집, 그리고 외부 세계가이 성역에 허용 되지 않았습니다.

"짐, 프랭크, 도대체 어떻게 당신 들 입니까?" 그는 서, 내게 준 포옹과 뺨에 키스. 그는 캘리포니아 대학에 장학금을 받고 대 한 나의 자랑 했다. 거기도 않았다면 누구나 대학에 갔었 다 그의 가족에.

"우리가 좋은 거 야. 어떻게 당신이 왔다 오래 된 사람 "? 나는 대답 했다, 약간 애정의 그의 쇼에 의해 당황.

"어떻게 일 격 그의 이빨을 잃은 그들을

보여주고 싶은," 카 렌은 interjected.

로 카 렌에서 자부심과 애정을 보였다. 그녀는 그의 세상 이었다. 그는 심지어 '카 렌 아기' 앞에 그의 3 개의 반 톤 트럭 트럭의 색칠 했다, 그 농산물을 운반 하는 데 사용 합니다. "당신은 우리 연인 들을 보여 줄 수 있도록 그 오래 된 고양이 찾아가 서" 그는 친절 하 게 속 삭였다.

"공원 산기슭의 작은 언덕 넓은 길에 페달 트럭 생산에 좋은 자리를 발견 하지만 그들 저주 카운티 보안관 날을 달아, 페달 생산 라이센스를 하지 않았다 고 말했다. 당신은 그것을 믿을 수 있습니까? 저주 받은 라이센스. 준 표도,"그는 실수를 혐오의 표시로 그의 얼굴로 소리 쳤 다. 나는 새로운 장소를 찾이 필요가 있을 것 이다, 엄마 나 하지 않을 것 이다 "?

"예 사랑" 엄마는 신중 하 게 대답 했다. 그녀의 집 고 그녀의 아 이들이 그녀의 인생을 했다. 그녀는 그녀와이 사이의 미묘한 균형을 화나게 아무것도 말할 싶지 않 았 어. 그녀는 아주 어렸을 때 그녀의 어머니는 정신 병원에 투입 후에 그녀 시카고에서 고아 원에 오게 되었습니다 했다. 동생과 두 자매는 채택 되었다,

그러나 빌리, 내 엄마와 그녀의 오 빠 랄프 고아 원에 그들은 16 일 때까지 남아 있었다. 그녀가 만난 아빠 전쟁 후에, 그들은 시카고, 외곽 북부 인디애나 시골에 이동 하 고 우리에 게 네 아이 했다. 이것은 그녀의 행복 한 시간 이었다.
아빠가 다른 여자를 발견, 그녀의 피곤 하 고 우리 캘리포니아 1963 년에서 66 함께 로드 된 U 운반 트레일러를 당기는 이동. 만난 그녀는 1 년 후로, 결혼, 카 렌, 했다 하지만 그녀의 마음 인디애나 깨진 했다. 그것은 힘든 인생을 그녀의 장소 였다. 그녀의 아이 그녀의 집 그녀의 삶과 그녀의 기쁨을 했다.

"나는 트럭에 도와준 너희들을 보고 싶어요. 우리가 했다 일부 존 나 좋은 시간 우리가 하지 않았다?"그가 추억 했다.

내 동생 한 테 톰 생산 트럭에로 돕는 년간 일했다. 우리가 어릴 때에 우리 사과, 오렌지, 토마토, cantaloupes, 및 무엇이 든 시즌 당시에 일어난 모든 상자를 로드 하는 작업을 주어 왔다. 오렌지와 사과 상자 당 약 40 파운드를 달릴 것입니다 하지만 고 cantaloupes 75 파운드 수 있습니다. 땅딸막한 되었고 강한 뒤를 했다 하지만 톰 얇은 약한 프레임 했다. 혼자 무거운 상자를 들고 수 있을 그에 게 자존심의 문제 이었다. 톰 손상 된 다시 가격을 지불.

우리는 고객에 대 한 과일과 야채를 포기할 트럭 뒤를 주말 보낼 것입니다. 우리는 일반적으로 생산의 각 유형의 2 개의 다른 질을 했다. 우리는 상단에 가방, 그리고 더 비싼의 하단에 사용할 상자 했다. 날씨가 뜨거운 또는 감기 또는 습식 또는 바람이 불고 있었다. 때때로이 뭔가 바로 안하고 우리 소리 것 그와 톰이 나타납니다 불면에와 서 하려고 하지만 그것은 결코 그에 왔다. 우리는 자주 얼마나 바보는 고객 들은 어떻게로 것 판매 하 고 그들이 정말로 원하는 보다 더에 대해 웃었다.

로 다시 우리에 게 "그들에 게 10 파운드." 소리는 누군가가 것입니다 중지 하 고 토마토, 오렌지, 또는 사과 요구를 하는 경우 우리는 항상 그들은 10 파운드를 샀을 때 실 소 했다.

"예," 나는 동의 했다, "우리 했다 몇 가지 좋은 시간."

"내가 만든 당신의 마음에 드는, 참치 캐 서 롤," 엄마가 말했다 그녀가 "당신 배고플 하겠습니다." 테이블 설정 휘파람

우리는 만약 우리가 충분히, 또는 아무것도 우리가 원하는 것이 있다면 지속적으로 사문

하는 엄마와 함께 저녁을 먹었어요. 우리가 완료 식사, 우리의 good-byes 그리고 그녀의 눈에서 슬픔은 엄마가 내게 작별 키스로. 내 어린 동생 제프 아직도 집에서 살 았지만 우리 3 밖으로 이동 했다. 그녀는 힘든 시간을 알려주셔서가 서 했다.

"나는 당신에 게 쓰는 거 야," 그녀 이라고 그리고 앞으로 몇 일의 사건을 떠 올 리 주중에 의해 편지를 받을 수 있는지 것입니다 우리가 밖으로 걸어.

우리 내 동생 톰의 집 몇 마일 떨어져 갔다. 그는 펭귄, 별명 고 그 암소로 그렇지 않으면 알려진 스티브와 마크와 함께 살았다. 그것은 그들의 파티 패드 라는 '구 덩이'에서 특별 하 게 조용한 토요일 밤 이었다. 몇 사람들이 '공동' 주변을 통과 하 고 맥주를 마시는 부엌의 끝에 Formica 카운터에 앉아 있었다. 내 동생 톰 우리 온 우리를 보았다.

"이 봐, 짐, 프랭크, 무슨 일 이에요?"

"우리가 찾고 어딘가에 충돌 오늘밤. 우리 엄마의에서 서 저녁 식사를 했다,"나는 대답 했다.

"내 방에 있을 수 있습니다. 나는 소파에서

자 거 야. 당신 들 고 싶어? 암소가 있어 내 흡연 대신 변화에 대 한 몇 가지 좋은 잡 초 "; 펭귄 소파에 밖으로 뻗어 암소를 보고 말했다.

"당신은 펭귄 씨 발. 나는 당신 보다 더 나은 숨겨 왔. 그 그 그 그가 "암소 기회 다시 한 팔꿈치에 올리고.

마크 룸으로 걸어. "펭귄의 동생 있어 그 긴 머리 중국인 당신과 함께 다시? 무엇 당신은 두 공 깃 돌 봤는데 최대?"라고 분명 한 궁지 그들의 일족 중 하나는 대학 참석 했다.

처음으로 '구 덩이'로 프랭크를 가져 그 전투에 throw 된 모욕에 대 한 준비가 있었다. 그것은 나 언어적 학대 했다 그룹으로 그를 받아들이는 그들의 방법을 그에 게 설명 하기 위해 잠시를 했다.

"젠 장, 당신 마크," 프랭크는 웃으면서 대답 했다. "우리는 정부를 전복 하려는 거 야."

"내가 있을 거 야 a 암컷의 아들 당신이 하지 않은 경우입니다. 어떤 도움이 필요 하면 알려 줘. 올라가자 haw haw haw haw", 그는 그가 그의 침실에 실종으로 외쳤다.

아침에, 우리는 산타 바바라까지 다시 몰고. 우리 스티브 약혼 곧 봄 시위를 조직 하는 사람들의 그룹을 찾는 데 아파트에 도착 했다. 스티브는 조용 하 고, 그러나 조직자로 매우 재능 있는. 그 활동의 허브는 되었다. 사람들이 돕고 그를 밖으로 그의 도움 전혀 일 또는 밤 동안 시간. 그는 침착 하 게 듣고, 수염, 그의 입에서 그리고 그의 분석을 제공.

1 월의 '71, 군사 년 그것의 초안 복권 개최. 생일 번호 100 이하의 경우에, 당신은 초안 것입니다. 내 생일, 2 월 15 일, 복권 번호 311 이었다. 구제 느낌 특별 한 했다입니다. 내 인생은 그 날까지 가장자리에 있 었 하지만 지금 내 몸에서 녹아 스트레스를 느꼈다.

프랭크 사람들이 서로 경쟁 하지 말아야 하는 것을 결정 했다.이 시간에 대 한 했다. 그는 그의 체조의 운동가 종료 하 고 그가 그의 장학금을 잃을 것 이라고 말했다. 이 되 고 싶어하는 프랭크의 지난 학기, 그리고 나 또한 내 있을 줄 알았습니다. 나는 내 연구를 계속 내 욕망을 잃었다. 난 도망 모든 싶 었 어 요.

1971 년 5 월 드디어 도착 했다. 정크 자동차 구매, 워싱턴 DC에 그들을 드라이브 및 장애인 심 술 쟁이 트래픽을 차단에 대 한 학생 들을 위한 계획이 이었다. 경찰과 견인 트럭 전술 계획 대로 정부 종료 수 증명 하지 않았다

그래서도 청소 분주 했다. 5 개 주요 도시에서 시위 했다 다음. 우리는 거기 계획 데모에 대 한 스티브와 샌 프란 시스 코까지 운전. 스티브는 우리와 함께 머물 갔다 버클리에서 일부 친구를 했다. 우리가 버클리 들어가면 우리 블랙 팬더와 100 제복을 입은 '돼지' 될 듯 사이 대치의 중간에 자신을 발견. 검정, 거리 아래로 실행 했다 그리고 그들이 잡힌 경우 그들은 구타 했다. 스티브 차를 멈추고는 근접 통과 했다 때까지 우리가 우리의 자리에 hunkered. 긴장이 높은 실행 했다.

우리 마을에 3 월 전에 며칠을 했다. 자동차 longhairs의 전체는 국가 전체에서 스트리밍 했다. 그린된 폭스바겐 밴 했다 모든 사용 가능한 공간에 주차를 하 고 사람들이 파티를 했다. 스티브의 친구 들이 사는 작은 아파트 전쟁 끝에 축 하를 위한 out-of-towners 여기로 넘쳐로 가득 했다. 스티브 프랭크 동안 다른 주최자와 상담 뒤에 체재 하 고 파티에 나갔다. 우리가 하지 않았다면 깨달았다, 지금까지 어떻게 중앙 스티브 노력에. 라와 서 우리의 겸손 한 유대인 친구에 대 한 질문 및 보고서와 함께 시간에 갔다 서쪽에서 그의 부족. 우리는 또한 법률 또는 오락 또는 다른 기업에 있던 그들의 히브리어 아버지 그들의 아들과 딸 들이 그들의 안티-전쟁 노력에 적극적으로 지원 했다 발견. 파워는 버클리 평면을 통해 흘 렀 다.

밖으로 거리에 마리화나의 냄새는 보급. 우리 길 건너 걷는 때, 우리가 이야기 하 고 빤 땐 '공동'의 또는 해시의 '봉'에서 정지. 사람들이 웃 고, 발 파 라디오와 함께 노래를 산 성 또는 메스에 배신 했다. 예쁜 숙 녀 무료 안 아주 고 키스 했다. 우리는 스티브와 함께 우리 협회를 통해 은밀히 지식은의 사신으로 서 자신을 발견. 최고의 노력이 했다 지금 3 월의 시작 부분에 시위대의 대 중을 지 고의 물류. 우리는 거리에 유명 인사가 되었다. 사람들이 곳곳에서 사물의 모든 예 절에 관한 질문을 우리에 게 왔다. 우리 또한 돌 꽤 되었다, 그리고 곧 누구에 게 많은 도움.

하루 전에 3 월 도시로 들어오는 트래픽을 먹 통 이었다. 지방 자치 단체 차량 외곽 지역 도시에 대 중 교통 걸릴 수 있는 곳에 기분 전환 하기 위하여 동원. 그것은 처음으로 지방 자치 우리 측에 했다 느꼈다. 뉴스 보고 예상된만 영혼 이미 도시를 입력 했다.

우리는 큰 논증의 날에 아침에 일찍 버클리에서 버스를 타고. 모두 웃음과 노래 했다. 우리 그 날에 높은 얻으려면 마약을 필요로 하지 않았다. 우리 도시 내 대형 공원 밖으로 떨어뜨리고 있었다. 샌 프란 시스 코 경찰은 발, 말, 또는 오토바이에 욱 신 거 려 대 중 이동합니다. 말과 오토바이 사람들이 거기 배치 했다 꽃에 덮여 있었다. 창 자에서 던 목에 붙어 있어 강렬한 감정이 이었다. 사람들은 혼자 서 고 울고 스스로 제어할 수 없는 것. 다른 사람이 낄 변덕 쟁이 했다. 우리는 우리가 전쟁 그 날 막을 것 이라고 알고 있었다. 우리는 골든 게이트 공원에 도시를 통해 긴 3 월을 시작 하는 열망. 우리는 결국 듣고 시장 Alioto는 행렬이 이어질 것 이다 걷기 시작을 기다리는 수천의 수백을 위한 공간을 만들기 위해 예상 보다 일찍 시작 했다.

프랭크와 나 결국 우리가 한 마음으로 함께 이동 천천히 걸어 갔다 아기 단계를 수행 하는 대규모 군중 가운데도 앞으로 이동 합니다. 마지막으로로, 군중, 느슨하게 하 고 우리가 신중한 속도로 걸을 수 있는 키를 누릅니다.

우리 국가 조 맥도날드 고전; 노래를 시작 했다

"하나, 둘, 셋,
우리가 무엇을 위해 싸우고 있다?
지금, 내게 묻지 말아 요
나는 저주를 주지 않는다
이 베트남을 그만 하자.
5, 6, 7,
진주 문 열어
이유를 궁금해 하는 시간이 아니다.
Yippy, 우리가 모두 죽을 거 야."

우리는 군중의 사람들이 서로 다른 그룹으로 분리 했다 발견. 우리 plodding 서로 그들은 함께 단행 하는 데 도움이 그들의 유모차와 함께 가족 오래 된 사람들을 국가 전체에서에서 longhairs와 함께 걸어. 우리가 유리 및 강철 고층의 상업 지구를 통해 통과, 실업가 및 총무 군중을 입력 하 여 기다렸습니다. 그들의 자전거와 스케이트 보드에 동네 아 이들이 퍼레이드에 합류 했다. 우리는 결국 만든 및 cross-dressed 높은 스테핑 및 개 구 쟁이 게이 그룹을 마쳤다. 우리가 마켓 스트리트의 상단 부근에 있어, 우리는 그것에 대 한 양방향에서 볼 수 있는 멀리 가장자리에서 가장자리를 가득 했다 보았다. 그것은 초현실적인 광경 이었다. 그것은 약간 흐린 하 고 멋진; 아름 다운

날입니다.

우리가 마지막으로 골든 게이트 공원에 도착, 이미 혼잡 했다. 록 큰 롤에서 가장 큰 이름 중 일부에 의해 우리가 음악을 즐길 수 있던 거대 한 잔디 마당 중간에 설정 큰 무대가 했다. 무료 음식 스탠드는 둘레의 주위에 설치 되었다. 긴 산책 모두 쓰러질. 불고기의 달콤한 연기가 자욱한 향기 무의식적인 타 액 분 비를 발생합니다. 우리의 굶주림과 우리의 성취에 평화를 했다.

군중 간과 푸른 고르지 베이와 골든 게이트 브리지 파크를 가득. 마리화나, 패 출 리, 그리고 땀의 매운 냄새는 공기를 통해 떠내려. 완벽 한 하루에 완벽 한 일 것입니다 쇼를 즐길 수에 정착 하는 인류의 질량으로 우리 레드 bereted 라틴 3 월 무대에 가득해 보았고 쇼 준비 했다 roadies를 제거. 그들은 "비 바 라 라자 비명 무장 패션에서 주위 행진! 비 바 라 라자!" 그들은 '사람' 들을 억압 했다에 대하여 그들의 장 광 설을 음성 마이크를 사용. 그들은 저녁에 입고 하는 대로 무대를 포기를 거부 했다. 마지막으로, 사람들이 공원 그들은 외쳤다 "비 바 라 라자!" 그들의 출발 꺼 려 관중을 두고 시작 했다.

엉덩이 구멍의 무리입니다.

프랭크와 나 마지막으로 우리의 방법을 다시 버클리 만들었고 지쳐 잠을에 스티브를 발견. 우리가 다시 내려 차를 몰고 산타 바바라 스티브의 버그에 다음날. 프랭크 블루스 하모니카를 연주 하지만 우리는 조금 얘기. 우리는 전쟁의 끝의 시작 부분에 참가 했다 알 았 어. 승리 만족 격파 될 수 있는 원인. 우리는 또한 짐승 그렇게 쉽게 죽을 것 그리고 우리가 피곤 했다 알고 있었다.

우리는 우리의 마지막 시험을 위해 돌아갔다. 내 클래스의 모든 관리 하지만 프랭크 그렇게 운이 되지 않았습니다. 이 때문에 그는 이미 그의 체조 장학금을 잃었다 UCSB에서 그의 학문적 인 학문의 끝 이었다. 그것은 욕망을 잃 었 기 때문에 나의 것의 끝 이었다.

경기 완료 했다 복잡 한 큰 파티가 있었다. 여름 방학 전에 내 면된 스트레스 날 려 버릴 수 있는 시간 이었다. 파티 큰 수영장에서 오후를 시작 했다. 올림픽 크기 수영장에서 놀고 자란 아이의 거친 소리 했다. 황혼의 접근 학생 그들의 옷을 제거 하기 시작 했다. 곧 거의 모든 사람들이 벗고 했다. 여기 살 았 운동 선수 중 세 번째 이야기 지붕에서 밴 쉬 여자 요정 소리와 함께 수영장으로 다이빙. 우리 모두는 우리가 얼마나 많은 얻을 수 있는지는 샤워로 동시에 하기로 결정 했습니다. 그래서 우리 행진 윗층 아파트에 샤워로 합니다. 촉촉한 바디의 질량으로 작은 공간이 우리에 게 웃음과 함께 압연 했다 벼 락 치기. 내 옷을 검색 하기 위해 풀에 돌아갔다, 사라 발견. 누군가가 그것은 사람의 복을 큰 농담 것을 결정 했다. 우리의 평면까지 걸어와 Steve 독일에서 여 대 생 방문자의 몇 했다 발견. 내 누드에 소개 되었다 매우 인상을 했다. 스티브는 큰 미소를 입고.

다음 날 우리는 우리의 good-byes를 말했다. 스티브는 여름에 LA로 집에 갔다. 프랭크 불확실한 미래를 모 데 스토에 다시 갔다. MG에서 내 소지품을 로드 하 고 다른 경로 대 한 검색을 나갔다.

3 바나나 상자

Rocketdyne 북쪽 로스 앤젤레스 서쪽 산 페르난도 밸리에의 오렌지 숲의 한가운데에 늦은 40 대에 지어졌다. 영국에 파괴를 비가 했다 v 2 로켓을 개발 했다 나치 로켓 트 과학자 레드 러시아 악당을 막을 것 이다 Icbm에 대 한 로켓 엔진을 개발 하기 위해 남부 캘리포니아에 이식 했다. 대규모 시설 이상 5 천 달에 레이스는 60 년대 동안 직원을 팽창. Rocketdyne에서 중반 80 년대에 일을 시작 했을 때 그들은 우주 왕복선 뿐만 아니라 군 로켓 엔진을 구축 했다.

Rocketdyne에 전기로 작동 하기 전에 건설에서 전기 제자 왔다. 나는 몇 년 후 일부 전자 코스 고 전자 기술 자가 되었다. 내 동료 기술자와 유지 및 금속 가공 기계 및 공정 장비 했다 액체 연료 로켓 엔진의 다양 한 종류를 빌드하는 데 필요한 수많은 문제 해결에 대 한 책임 했다.

그것은 젖은 겨울 아침 때 광대 한 통풍이 잘되는 금속 건물 기계 상점을 통해 걸어. 이국적인 금속을 통해 그들의 면도칼 날카로운 절삭 공구를 추진 하는 기계의 굉음 라켓이 이었다. 부품 내부 거 대 한 로켓 엔진의 노즐을 통해 엄청난 압력에서 액체 수소와 산소 펌핑 했다 제어 폭발으로 조명 하는 어디에 대 한 운명.

그들은 본 회전 날개에서 점프 금속 칩으로는 기계공 빈 본다, 몇몇 먼 장소에서 그들의 마음을 토. 만약 내가 빠져들된 눈 중 하나, 그 것 스냅 짧게 다시 내게 미소를 현재. 그들은 게 바닥을 정비 노동자의 자유의 부러워 했다. 이런 아침에 건물 높은 베이 추위 초안 그리고 기름 안개 어 왼쪽으로 모든 노출된 표면에 미 끄 러운 잔류물. 부서진 하 고 착용 에폭시 코팅된 콘크리트 바닥에 내 발 밑의 주의 유지 보수가 게를 내 길을 따라 통과 했다.

오늘 아침 '내려 갔다'는 큰 수직 포 탑

선반을 복구 하는 작업을 할당 했다 전날 밤. 이것은 그 어디에 나, 기름 유출 위험 미 끄 러운 바닥 때문에 산책을 했다 오래 된 유압으로 강화한 괴물 이었다. 심지어 전기 캐비닛 안에 기름을 했다. 내 모습을 했다, 퓨즈 및 오버 로드 연산자를 어떻게 그의 아 이들이 하 던, 그리고 샌 디를 찾을 왼쪽에 대 한 이야기, 열려 있을 어떤 안전 스위치에 대 한 모습을 확인 합니다.

내가 샌 디 그의 사무실에 있던 정비가 게 위에 2 층에 거 무스 름 한 계단을 올라 갔다. 샌 디는 쓰레기에서 저장 했다 전자 및 기계 부품으로 가득 했기 때문에 그의 작은 큐비클에 앉아 작은 공간이 이었다. 그는 그의 책상에 키보드 작동 토 하지만 그는 그의 책상 아래 공간 전체 오래 된 진공 튜브를 그가 파괴에서 구출 했다 때문에 그것에 도달에 기댈 했다. 그는 그의 뱃속에서 그의 평소 체크 무늬 짧은 소매 폴 리 에스테 르 셔츠 스퀘어 컷 고 열 했다. 그는 데님 청바지를 어떻게 그들은 그의 엄청난 허벅지에 지기 때문에 스트레치 소재의 것으로 등장 했다. 오래 된 기름 및 윤활제 얼룩 모양을 준 그는 깨끗 하 고, 아니었지만 거의 사건 이었다. 빨간 먼지의 정밀한 코팅으로 덮여 있었다 그의 단 화 떨어져 그의 책상의 한쪽에 앉 았다. 하나는 신발 아래쪽 경계선에 찢 어 했다. 끈, 그리고만 부분적으로 고정 했다. 그는 오래 된 낡은 카펫에 그의 발을 마사지 토. 그는 그의 내용이 풍부한 피트와 검은 양말에 구멍 protruded 엄지 발가락에 한 검은 양말 및 1 개의 블루 양말을 했다.

나는 그를 방해 하기 전에 대기 밖에 서. 그는 조회, 나를 보고, 큰 미소를 준 고 말했다, "짐 alee! 그래서 리는 3 월이, 짐 alee, 그리고 샌 디 리! 그는 거기 큰 웃음 주고 적절 한 응답을 기다리고 앉아.

"예", 나는 동의 했다, "그래서이 있다 말리, 짐 리와 샌 디 리." 그는 항상 내 마지막 이름의 재미를 만들어 하 고 모든 사람을 '리'로 만들려고. 그 그가 그의 손을 잡아 나를 위해 그의 손가락 확장된 대기와 그의 큰 손이 붙어있다. 샌 디는 거 대 한 몸과 사지를 약 6 피트 2 이었다. 이 정상적인 악수를 해야 되지 않았습니다. 이것은 누가 다른 사람의 손을 호감 수 보고 경연 이었다. 와 부탁에 게 서 도전을 거절 하지 못했습니다. 하지만 내 손은 상당히 작은 좋은 그립 했다. 샌 디 그는 이용 했다 알고 있었다. 그는 그의 손가락을 그의 손을 최대한 큰 그래서 hispancake 손 주위 좋은 그립을 얻을 수 없을 확장. 신속 하 게 확장 손을 잡고 내 용기를 가졌다 고 최대한 그의 손 등 주위에 내 손가락을 얻는 것을 시도. 그러나, 전에 내가 좋은 그립을 얻을 수 있다, 내 손가락 관절 주위는 쥐 어 짜기 시작 손을 느꼈습니다. 그는 더 열심히 날 쳐다 날카로운도 주먹코 했다 하지만 단순히 거 대 한 코를 통해 서로 가깝게 자리 잡고 앉아 그의 파란 눈을 가진 압착. 나는 부통령에서 폭력 노력으로 내 손을 꺼내 그립 전에 영구적 피해를 완료 했다. 그는 승리 미소로 날 바라 보았다.

"당신은 암컷의 아들," 심하기. 나의 코멘트는 그에 게 큰 기쁨 준.

"Koppee?" 그는 머리를 쏠 물었다. 그래서 리 한국 기술자 한국 방식으로 'koppee' '커피' 라고 했다. 샌 디는 그렇게 늑 골 하는 방법으로이 발음을 채택 했다. 샌 디는 정말 커피 또는 아닙니다 원한다 면 문제가 되지 않았다, 그의 도움을 원한다 면 이것은 의식의 한 부분 이었다.

후에 샌 디, 커피를 구입 하지만 난 수 시작 하기 전에 컴퓨터와 함께 문제에 대해 그에 게 말하고, Brunsky 경련이 일으킨된 칸막이에

들어가서. Brunsky 샌 디의 옆에 있는 그의 사무실을 가진 시설의 엔지니어 했다. 그가 걸어, 샌 디의 귀;에 뭔가 귓속말으로 배 웠 어 그들은 모두 웃었다, 그리고 그가 밖으로 걸어. Brunsky는 이름 했다, 내가 그것을 잊고 있었다. 그는 단지 Brunsky 이었다. 그는 실용적인 농담; 살 다른 모든 것 들 그의 존재에 대 한 진짜 이유는이를 보조 했다. 그는 샌 디와 범죄에 파트너를 찾을 수 있습니다. 그는 거의 성격 및 전술 문제에 그를 묻지 않고 계획 시작. 비록 그 성질이 고 의도적으로 사람의 감정을 해치지 않을 것 이라고 나머지 우리 Brunsky, 자연스럽게 주의 했다.

물림 쇠 Neistroy 약간, 거미 처럼 친 하다 Brunsky 대머리, 조용한 시설 엔지니어 비행 친 것 이다. 척 hid 엄숙한 우려의 마스크 뒤에 자신의 전문 부적당 처럼 많은 사람들이 그들의 작품에 대해 잘 되지 않습니다. 그는 종교적으로 실시 사무실에 바나나 매일 휴식 시간에 먹고. 그것은 모든 실용적인 농담의 쿠데타 드 그레이스에 대 한 실마리를 준이 습관. 이야기 당신이 그들 중 어느 하나에 전적으로 의존 여부를 Brunsky 또는 샌 디 아이디어를 시작 했다.

매일 때 Brunsky는 은밀한 순간을 했다, 그는 물림 쇠의 바나나 고 상단에서 하단 짠 다. 휴식 시간 도착, 물림 쇠의 바나나 갈색과 부드러운 설정 합니다. 이 때 척 마지막으로 언급 그것에 Brunsky 바나나의 언급에서 참 충실 하 게 했다 누가 주 몇 매일에 갔다.

"나는 그것은 이해할 수 없다", 물림 쇠 Brunsky, 단지 하루의 시간이 지날수록 척의 책상에 것을 일어난 불평. "매일 내 바나나가 나쁜. 내가 이해할 수 없는 그것은. "

Brunsky 그의 친구의 문제에 대 한 강렬한 관심사의 표정으로 신중 하 게 생각 합니다. "어디 배치 해야 합니까 바나나 아침에 가져올 때"?

"글쎄, 여기 내 책상에" 온 답장.

"오른쪽에 빛?" Brunsky 물었다.

"예," 척 대답 했다.

"잘 당신의 문제가 있다."

"무엇?"

"형광등 바로 아래 바나나를 넣고 있어," Brunsky 정식으로 선언 했다.

"무슨 얘기"? 척 인정.

"내가 당신에 게 무엇. 난 당신이 알고 않 았어 믿을 수 없습니다. 물어 보자 샌 디."

Brunsky 샌 디를 가져와 바나나 문제에 대해 설명 하려고 합니다.

"무엇 지옥 당신은 묻고 저 빌어 먹을 바나나에 대 한? 우리가 로켓 엔진 구축에 있어,"샌 디는 마치 잘 연습된 스크립트에서 읽고 외쳤다. Brunsky는 이것이 그의 친구 척에 대 한 중요 한 문제를 설명 했다. 상황 자세히 설명 되었다 샌 디 질문 후 "이었다 바나나 형광등 밑"?

척 순 대답, "네."

"잘 무엇 지옥 당신은 예상 했는가"? 샌 디는 대답 했다. "그것은 그것 않는이 오래 된 형광 정착 물의 빌어 먹을 공 진 주파수입니다. 난 몰랐 놀,"샌 디 말했다 그는 오로지 척에서 슬쩍. Brunsky는 거의 물론 노련한 실제 조 커에 대 한 죄 있을 것 이라고 미소를 끊었다.

"나 뭔가 그것에 대해 듣고 기억 하는 것," 척 숙고.

그, Brunsky 기침 하는 것의 구실에 칸막이 밖으로 산책을 했다. 그는 기침을 위장한, 자신을 슬쩍 웃음을 포함, 척 칸막이 돌 직면에 다시 걸어. 그는 자신을 gloated. 비단 스레드는 그의 순진한 먹이 주위 가시 회전 되 고 있었다.

샌 디 서 자동으로 척 계속, "그래, 그 몇 시간 전, 청각 기억 하지만 내가 잊어버린 해야 합니다. 어쩌면 책상 서랍에 바나나를 넣어 하는 경우 그것은 있을 거 야 좋아. "

"는 그것을 하지 않습니다 아니, 척," 샌 디 대답 유익 하 게, "그 망 할 주파수 통해 갈 것입니다 오른쪽 금속."

"물론," 척 했다 "무슨 내가 해야하는 거 야"?

이것은 Brunsky에 대 한 꿈을 했다 개방 했다. "나는 나무는 바나나에 대 한 최고의 보호 들었어요. 어떻게 당신 생각 샌 디 "?

"예," 샌 디 합의 "좋은 단단한 나무 상자 기쁠 것 이다. 그 소나무의 어떤 똥 하나. "

"보자 내가 할 수 있는" Brunsky 큐;에 따라 "JT 내게 부탁을 받습니다. 하자 난 척 똑똑한 친구 당신을 위해 무엇을 할 수 있는지. "

"예, 똑똑한 친구," 샌 디 마지막 늑 골을 저항할 수 없었다.

나 서 사무실에 열 폭, 그의 손가락 및 Brunsky의 넓은 모습 다시 보고 전 율의 Brunsky 쪽으로 뻗은 손으로 샌 디를 볼 시간에 맞춰.

내가 사무실 떠난다, 들었어요 음소거 외침 "예 수 그리스도!" 그리고 계단, 하강 시작 희미하게 들었어요, "Koppee?"

JT은 하와이에서 수 다 쟁이 포르투갈 목수 이었다. 그 두 방언의 혼합 된 독특한 악센트 했지만 그의 연설의 깎아지른 듯한 볼륨은 무슨 떨어져 그를 설정. 모두 즉시 그 입력으로 JT 건물 이었다 알고 있었다. 그 첫 번째 부 주의 한 주민을 누구 그가 "어디 당신이 왔다 뭔가 같은, 우연히 말을 걸 다 것입니다? 당신이 목수의가 게에서 저를 보러 오는 줄 알았는데. 젠 장, 난 믿을 수 없다 아무도! " 그는 항상 전체 볼륨에서 닫힌된 문 뒤에 2 층에도 모두 알고 JT 건물에 그렇게 말했다.

유지 보수 목수로 서 각별한 종종 나무와 그의 진정한 실력을 보여줄 기회가 없 었. 그 후 장 제작자와 오래 된 세계 방식으로 훈련을 했다, 그래서 그는 기꺼이 빌드 상자 뿐만 아니라 그의 기술을 보여 뿐만 아니라의 일부가 될 때 Brunsky JT 바나나 상자에 대 한 설명, 잘 만들어진 모든 소매 상인을 저항할 수 없었다 농담.

JT는 래치에 대 한 필요 없이 제자리 사접된 모서리, 둥근된 모서리와 꽉 끼는 중단 한 뚜껑을 찍은 아름 다운 마호가니 상자를 내장. 부드러운 손가락 잡아 당기기는 뚜껑의 아래쪽 가장자리를 따라 밖으로 routered 그리고 광택된 황동 경첩 균일 하 게 풍부한 나무에 삽입 했다. 그것은 수 있다 쉽게 되어 운명 훌륭한 포르투갈 보석 또는 음악 상자.

그것은 다음에 주어졌다 버트 화가. 버트 검정, 적어도 문화와 버 릇, 이었지만 그 거의 검정. 그의 피부는 빛, 그리고 그 주 근 깨를 했다. 그의 머리를 단단히 드러 하지만 그건 괜 찮 아 요. 그는 permed 덥 수 룩 한 봉 hairdos로 많은 네티즌의 것입니다. 버트 멋있었다입니다. 아니, 버트의 축도 했다입니다. 그가 말한 소프트, 결코 흥분, 있고 거의 웃었다. 그 웃음 한 그것은 조용 하 고 절제 된 이었다. 그는 부드러운 했다. 그 부드러운, 그리고 그가 걸어 부드러운. 페인트 샵에 의해 중지 하 고 그가 그의 스테레오에서 재생할 재즈를 듣고 좋아. 그는 당시 음악적 표현 및 누가 무엇 년 동안 누구와 함께 경기에 대 한 애기 하 고 싶어.

JT, 처럼 그는 거의 화가로 그의 기술을

보여줄 수 있는 기회를 했다. 버트 예술가 했다. JT는 그에 게 위임 했다 절묘 한 상자가 되었다 그의 예술의 차량. 그는 손을 흐르는 서 숲 녹색 상자 상단에 있는 노란색으로 그림자에서 ' 바나나'에서 글자. 그 후 여러 번 외 투 사이 버프 용 빛 철강 양모와 함께 상자를 옻 칠한. 결과 미세 입자 마호가니에 절묘 한 깊은 광택 광택.

하루는 상자의 프레 젠 테이 션에 대 한 척 드디어 도착, 사람들이 거기에 대 한 변명의 모든 종류에 있는 사무실에서 주위 밀링 시작 했다. 유지 보수 부서에서 거의 모두에 침묵의 유지 관리 코드를 유지 하기 위해 의존 수 없습니다 사람들을 제외 하 고 농담 했다. 비밀에 은밀히 관여 했다 하지 않았다면 사람들 모이 회 중에 의해 당황 하 게 했다.

자장, 그리고 누군가가 속 삭 였다 "그들이 오고 있어!"

JT 버트 뒤 박스를 들고 계단을 올라 왔어요. 그들의 사무실 면적 입력는 조립 옆으로 이동 하 고 물림 쇠의 책상에 대 한 경로 개설. 상자는 군중에 의해 처음으로 볼 때 한 모금 었 하지 않는 한 reverent 침묵이 했다. 쌍 척의 책상에 그들의 방법을 만든 그리고 거기 기다리고 걱정 스럽게 했다 Brunsky을 상자. 물림 쇠 사람, 난처 했다 하지만 그 시간까지 몰 랐 그 특이 한 절차의 초점 이었다. 그 Brunsky 아름 다운 상자를 들고 보고는 완전히 당황 했다.

"척," Brunsky 시작 했다, "우리는이 상자 당신의 바나나를 유지 하기 위한 내장. JT와 버트 했다, 하지만 우리 모두 로부터. " Brunsky 그의 위 안에 현기증 그 피할 수 없는 guffaws 및 군중에서 따르도록 해야 했다 악의 찬 코멘트를 준비 했다. 그의 놀람에, 호 드에서 차기 조롱 흔적이 없었다. 승리의 순간 연의 보이지 않는 힘에 의해 도난당 했습니다. 모두 그의 응답을 기다리는 척에서 친절 하 게 찾고 있었다.

척 그의 손에 상자를 개최, 개폐 뚜껑 몇 번 완벽 하 게 맞지와 선물의 마무리 느낌. 감정 그 극복. 그의 눈 던 져다 보고, 그 모든 친절 한 눈 보고 그는 "감사 합니다," 속 삭 였다 그리고 그 반복, "감사 합니다." 그는 사람들이 dissemble 시작으로 아름 다운 현재에 다시 내려 보았다. 일 동료를 통해 하나 하나 선물에 감탄 하 왔다. 척 사랑 스럽게 배치 했다 그의에서는 바나나 상자에 그 날, 그리고 물론, 그것은 유지 했다 그것의 ' 신선도. 그는 두었다 상단 선반에 통로, 옆에 있는 그의 책상 뒤에 그 바나나 상자 그 후 당시에 경탄 되었다 대로 작동 하려면 계속할 수 있도록. 그는 그렇게 인기가 적이 없었다.

일 주 입고, 바나나 상자가 게 바닥에 대화의 주제가 되었다. 도구와 함께 일 하는 사람들 잘 만들어진 고 실행 실용적인 농담 하기 더 어려울 것 이라고 허용. Brunsky는 상점을 통해 걸어, 그는 부러워 파도 미소와 함께 인사를 했다. 아무도 왜 그 등장 너무 산만 이해할 수 있다.

바나나 상자 이야기는 또한 어디 이사, 부회장, 그리고 부유 하 게 attired 비서 했다 그들의 사무실 앞 사무실에 그것의 방법을 했다. 우리는이 사무실 '마호가니 행' 이라고합니다. 상자는 정교한 농담의 일부 있었다 아이디어 토론 되었다, 비록 높은 수준의 관리자 너무 확실 하지. 그들은 정식으로 그들의 상사에 admiringly 조회 하 고 완전히 동의 그들의 바비 인형 비서는 사무실 환경에서 바나나의 죽음에 대 한 대체 가능성을 논의 것 이라고. "예," 운영 이사 "그것은 우리가이 바나나 현상으로 보고 엔지니어링 부서에서 가져온 시간." 말을 들었다는

관리자의 스트림 이었고 상자를 보고 조심 스럽게 물어 척 Neistroy의 사무실까지 출원 엔지니어 수사를 도울 수 있는 질문에 밖으로

생각. 척은 모든 질문에 대답에 너무 행복 하지만 한 가지 확실 한 사실. 바나나 상자 안에 신선한 체재. 전기 기술자 형광등 주파수 이론에 대해 들었지만 그것은 더 높은 속도 먹이 기계 공구 스핀 들 모터에 대 한 가변 주파수 드라이브 전원 공급 장치 스위칭 전원에 의해 생산 하는 고조파 때문일 합의에 서. 그들은 꽤 잘 3rd 및 파워 그리드 입력 5번째 주파수 고조파를 이해 하지만 7번째 및 9번째 주파수 고조파 장애 보다 적게 잘 이해 했다. 그들은 진학 확실히 보증 했다 그리고 감독 설립 문제의 정확성에 매우 기민한 있었다 감독을 다시 보고. 비서 모두 매우 감동 했다입니다.

생명과학 부 케네디 우주 센터에 연락을 했다, 그들은 뭔가 바나나를 손상 했다 우려 하고있다, 그것은 인 간에 영향을 미칠 수 가능성이 소문이 있었다 무엇이 든 지 했다. 바나나 아마 석탄 광산에 카나리아에 가깝다 수 있습니다. Rocketdyne에 이사 그들은 그들이 할 수 어떤 식으로든에서 협력할 것 KSC에 감독 으로부터 보증을 부여 했다. "우리는 두 일의 하단에 도착 해야" 그 말을 들 었 했다.

한편, 척 유명 인사가 되고있다. 그는 다양 한 주제에 그의 통보에 게 회의에 호출 되 고 했다. 그것은 그들의 동료와 귓속말 기댈 누군가 다 들으려면 드문 아니었다, "Neistroy 바나나 현상에 대 한 대응책을 공식화 하는 엔지니어입니다." 많은 다른 사람을 그들의 바나나 했다 또한 신비 짔 사무실 환경에서 발견 했다. 그것은 널리 그의 명백한 재능 보다 효율적으로 사용을 수 있는 개발 엔지니어링 부서에 척 유지 보수에서 철수 될 것 이라고 간주 되었다. 한번 온 순 엔지니어 이상 떨어졌다 고 사람의 눈을 피해 지금 자신감과 자기 확신 이었다. 그는 이사 및 부회장 그들의 첫 번째 이름으로 불리고 어떻게 그들의 아내와 아이 들 때 그 통로에서 그들을 통과 했다 부탁 드립니다.

이 모두 되 었 었 다 Brunsky를 위해 너무 많이. 그는 믿 샌 디 어느 날 그가 어떻게 모든 걸 그렇게 잘못 됐는지 이해할 수 없었다. 샌 디는 대답 했다, "거기 뭔가 있을 수 있습니다, 알다시피. 어쩌면 우리는 뭔가 여기에 발견. 최고 과학자와 엔지니어 들이 바나나 문제에 있다. 우리는 누구 인가 뭔가 하지 않을 말을 "? 샌 디 그의 마를 furled와 Brunsky의 눈으로 열심히 봤다.

"도대체 당신이 말합니다? 모두 쳤는?

당신은 아주 잘 무슨 일이 있었는지 알으십시오. 똥의 종류 당신은 날 먹 냐? 견과류; 갈 거 야 내가 하나님께 맹세합니다." 그는 분의 적합에 샌 디의 사무실 습격.

다음 날 그는 결정 했다. "나는 척에 게 모든 걸 거 야. 그냥 농담 이었다 그에 게 말할 거 야. 이에 간 긴 충분히."

그는 물림 쇠의 책상에 걸어. 물림 쇠 그 자신 있게 쳐다. "척," Brunsky 시작 했다, "난 게 있어 당신에 게. 그것은 농담 이었다. 그것은 그냥 농담 이었다."

"뭐 니"? 척 대답 했다, 큰 신뢰 눈으로 다시 보고.

Brunsky 그를 쳐다보면서, 주저, 그리고 말했다, "나는 당신의 손에 얻을 것 이다 그래서 당신의 책상에 몇 가지 젤리를 넣어 하려고 했어요. 당신이 나를 알고, 항상 실용적인 농담으로." Brunsky 그가 이제까지 지금 척 진실을 말할 수 없을 알고 있었다.

"당신은 그런 키입니다. 이 봐, 당신은 뉴 멕시코 장소에 오늘 점심에가 싶어? 내 치료"

"물론," Brunsky 대답 했다, "나 보자 나중에."

그는 샌 디의 칸막이 의해 morosely 통과,

그는 다시 보면 그 이상한 미소를 지닌 그의 얼굴에 모래를 볼 수 보았다. "이런 모래 그는 무엇에 대해 웃 어"?

Brunsky는 그의 책상 뒤에 앉아 있었다. 그는 한 번만 더 그의 마음을 통해 모든 것을 실행 하기 시작 했다. 계획; 그것은 완벽 했다. 실행; 그것은 완벽 했다. 어디 다 잘못 됐는지? 일 척, 위해 밖으로 근무 했다 그리고 그는 그것에 대해 행복 하지만 무슨 일이 있었는지? 그럼 거기에 그 망 할 샌 디. 갑자기, 마치 번개는 그의 머리에 갔 었 다, 그것은 모든 게 분명 했다. 이것은 모든 시간의 가장 큰 실용적인 농담 이었다. 난 속지 척, 하지만 아무것도 했다. 난 그 중 고-마돈나의 그들의 큰 사무실, 터무니 급여와 예쁜 비서 마호가니 행에 속지. 나는 그들이 너무 똑 똑 하다 고 생각 그 NASA 엔지니어에 하나 큰 시간이 지남에 얻었다. 난 전체 지독한 Rocketdyne에 하나를 뽑아. 나는 지독한 세계; 왕 그는 숙고. 내 인생이 포인트 hethought;을 주도하 고 있다 나는 내 인생의 절정에서. 그는 슬프게도 그는이 순간을 가기 위해 없을 것 이라고 생각. 그는 다시 샌 디에 대 한 생각. 그에 대 한 미소는?

그는 샌 디의 쌓인된 칸막이 샌 디로 그 컴퓨터에서 멀리 pecked 착용된 카펫에 그의 발을 긁을 보고 걸어. 샌 디 조회; Brunsky의 얼굴과 그의 눈 빛에 빛을 보았다. 그는 Brunsky 마침내 체포 했다 알 았 어. 그는 귀를 뻗어 미소 그 보았다.

"인 같 냐 낮은 생활 스컹크" Brunsky 중 얼거 렸.

Brunsky에서 오고, 이것은 아마 누구 든 지 샌 디를 치르고 최고의 칭찬. 그의 미소도 더 넓은 얼굴 상처를 시작 때까지 뻗어 있다. Brunsky 유사 하 게 괴기 한 웃음으로 들썩였다. 몇 시간을 초월한 순간 두 술 취한 원숭이의 부부 처럼 서로 grimaced. 그리고 그것은 일이 있었는지. 그것은 그들의 소화 관 안쪽 깊은 곳에서 시작 하 고 천천히 이루어진 나름대로 화산 처럼 그들의 가슴에 분화 할 준비가. 동시에, 전체 폭발 둘 다 배꼽 웃음 사무실에서 다른 사람을 놀라게 하는 강제로. 그들은 그들의 얼굴이 아래로 굴러 눈물 그리고 그들이 동안 두 배로 열심히 웃었다. 그들은 그들의 composures를 회복 했는데, 하나, 다른 볼 것 이다 그리고 그들은 것 이라고 다시 시작 온통.

사무실 거주자의 나머지 두 제어할 수 없는 히스테리에 있었고 또한 웃 기 시작을 했다. 그들의 웃음은 그래서 전염성이 사무실의 반대편에 사람들은 웃 고, 하지만 그들은 그들이 무엇에 대해 어떤 생각을가지고 있지 않았다.

마지막으로 때 샌 디와 Brunsky 물리적으로 못 웃 더 이상, 그들은 조직 했다 그들의 눈을 닦아, 그들의 코를 불 었 다. 샌 디 기 양양 하 게 방. 그는 Brunsky에, 그의 머리를 쏠 고 물었다, "Koppee?"

척 폭발을 목격 했다. 그는 너무 오락을 표명 했다. 그는 상관 하지 않았다 그들은 웃 고 있었다, 그는 좋은 시간을 보내고 그의 친구를 보고 행복 했어요. 그 이상에 도달, 바나나 상자를 열어, 완벽 한 바나나를 꺼내서 다시 3 개의 균일 한 스트립에에서 벗 겨, 한 입. 네, 그는 생각 했다; 바나나도 후 바나나 상자에 더 나은 맛.

저자에 관하여

북부 인디애나의 숲 속된 나라에서 내 어린 시절을 보냈다. 내가 10 살 때, 난 내 어머니, 형제, 그리고 여동생, 남부 캘리포니아에 오래 된 노선 66 따라 이동. 산 페르난도 밸리 그리고 산타 바바라에 학교 참석 했다. 초반에 인디애나로 다시 이동 하 고 전기 무역으로 아버지를 따 랐 다. 현재 Acton 캘리포니아에 35 년간의 내 아내와 함께 살고 있습니다. 나는 아들, 딸, 손자와 손녀가 있다. '밸리' Rocketdyne에 전기로 작동합니다. 난 내 과일 나무와 정원 돌 봐 주 감상과 내 '싹' 앤젤레스 국유림 내 산악 자전거를 타고 싶다.

CPSIA information can be obtained at www.ICGtesting.com
Printed in the USA
LVOW08s1323240516

489727LV00007B/190/P